Corona-Mord

Ein Virus mordet

Marvin Berger

Corona-Mord

Ein Virus mordet

Krimi

Impressum

Bibliografische Information der Deutschen
Nationalbibliothek:
Die Deutsche Nationalbibliothek verzeichnet diese
Publikation in der Deutschen Nationalbibliografie;
detaillierte bibliografische Daten sind im Internet über
http://dnb.dnb.de abrufbar.

© 2021 Marvin Berger

Herstellung und Verlag: BoD – Books on Demand,
Norderstedt

ISBN: 978-3-7534-2092-9

VORWORT

Dieses Buch entsteht zu einer Zeit, in der der Alltag nicht mehr der ist, wie wir ihn noch vor einigen Monaten kannten. Es entsteht zu einer Zeit, in der viele Familien auf der ganzen Welt Menschen an einer Krankheit verlieren, die die gesamte Welt beherrscht. Es ist die bei uns schwerste Krankheit seit über 100 Jahren. Einschränkungen bestimmen das alltägliche Leben. Und dennoch können wir nichts daran ändern. Zu dieser Zeit wächst ebenfalls die Inakzeptanz der Menschen für Corona-Beschränkungen. Viele Menschen gehen auf die Straße während zeitgleich Menschen einem Virus zum Opfer fallen. Sie demonstrieren gegen Maßnahmen, die Bewirken sollen, dass wir schnellstmöglich ein „normales" Leben führen können und die verhindern sollen, dass wir noch mehr Menschen an Corona verlieren. Ebenfalls gehen zu dieser Zeit viele Existenzen zugrunde, weil beispielsweise Restaurants und Frisöre nicht geöffnet haben dürfen. Vergleichbar wie bei einer WM, bei der jeder Deutsche ein erfahrener Bundestrainer und Jogi Löw nur ein unerfahrener Azubi ist, sind plötzlich alle Virologen und wissen, dass Lockdowns unnötig sind und Impfungen von Bill Gates induziert durchgeführt werden um uns Computer-Chips einzusetzen. Für solche Aussagen wächst in dieser Zeit meine Inakzeptanz. Schließlich sind es nicht

100 oder 1000 Menschen, die sich an Einschränkungen halten müssen, sondern ca. 7,8 Milliarden.

Wir dürfen also nicht immer nur das Schlechte sehen, sondern auch, dass es sich noch immer um einen kleinen Prozentsatz Menschen handelt, die sich nicht an Einschränkungen halten möchten. Wir müssen positiv denken und alles daransetzen, dass wir gesund bleiben, um bald wieder gemeinsam zu feiern, Fußball zu spielen, Essen gehen zu können und uns mit der Familie treffen zu dürfen. Impfstoffe, die bereits in einigen Ländern eingesetzt werden, weißen große Erfolge auf. Dennoch müssen wir alle an einem Strang ziehen.

In meiner Familie gab es bereits ein paar Personen, die an dem Virus erkrankt sind. In allen Fällen verlief die Krankheit immer harmlos. Die Pandemie trifft mich nur insofern, dass ich aus dem Home-Office arbeite, dass ich kein Fußball spielen kann, dass ich in kein Restaurant gehen kann um etwas zu Essen und, dass ich mich nicht mit mehr als einer weiteren Person treffen darf. Dennoch halte ich mich an die Vorschriften und an das, was Experten raten. Experten, die seit Jahren solche Viren untersuchen und Situationen durchspielen, wie man sich verhalten muss, um eine Verbreitung zu verhindern.

Schließlich gehe ich auch nicht zu einem Feuerwehrmann, der gerade ein brennendes Haus löscht und rate ihm, dass er den Schlauch andersrum halten soll.

Meine Gedanken sind bei allen, die an dieser Krankheit leiden. Bei allen, die Familienmitglieder verloren haben und bei allen, die um ihre Existenz kämpfen.

Gemeinsam schaffen wir das - Mit Geduld und Verstand.

In einer Zeit, die niemand vergessen wird.

****

Was macht man also während fünf Wochen Urlaub, einem Lockdown und ganz viel Zeit? Man schreibt ein Buch. Ich hatte schon lange vor ein eigenes Buch zu schreiben, einfach weil ich das Gefühl mag, am Ende von vielen Stunden Arbeit ein eigenes Produkt in der Hand zu halten. „Corona-Mord: Ein Virus tötet" entstand zu den unterschiedlichsten Uhrzeiten, an den unterschiedlichsten Orten. Mal wurde ich nachts um drei Uhr wach und dachte mir, ich könnte ein wenig weiterschreiben, mal saß ich im begehbaren Kleiderschrank meiner Freundin, weil ich den Hocker darin bequem fand.

Ich bin kein professioneller Autor, dennoch hoffe ich allen ein gutes Buch geschrieben zu haben. Gebt mir bitte Rückmeldung und jetzt ganz viel Spaß bei den Ermittlungen von Sven Hofmann und seinen Kollegen Carola und Bastian. Es wird spannend und unberechenbar.

~ Marvin

1

„‚ Was tu ich, wenn ich mich im Wald verirre?´, fragte Ronja. ‚Suchst dir den richtigen Pfad´, antwortete Mattis", las Benedikt, der blonde, für sein Alter viel zu dicke Junge aus der letzten Reihe vor.

Nina saß eine Reihe vor ihm und musste immer wieder aushalten, wie Papierkügelchen aus selbstgebastelten Blasrohren, Bananenschalen oder andere Gegenstände sie am Hinterkopf trafen. Nina war ein sehr schmales Mädchen mit blonden, langen Haaren. Meistens trug sie einen alten Strickpullover, den ihr ihre Großmutter Elisabeth gestrickt hatte. Nina kam aus einfachen Verhältnissen. Ihre Eltern Sabrina und Thomas Fischer arbeiteten beide in einer großen Schreinerei in der benachbarten Stadt. Sabrina war eine Sachbearbeiterin in der Personalabteilung und Thomas gelernter Schreiner.

„Schön hast du das vorgelesen Bene", erwiderte Frau Meier, die Deutschlehrerin der Klasse 3c.

„Wie ihr wahrscheinlich mitbekommen habt, wird die Schule ab morgen erneut geschlossen sein. Die hohen Infektionszahlen in den letzten Tagen lassen unsere Bundesregierung nicht anders handeln. Die Aufgaben, die ihr in dieser Zeit bearbeiten werdet, stehen auf der Rückseite des letzten Blatts. Bitte bearbeitet diese sorgfältig. Ich werde die Lösungen zu den Aufgaben euren Eltern zukommen lassen. Habt ein paar erholsame Weihnachtstage und bleibt gesund. Wir sehen uns zu unserer zweiten Klassenarbeit im neuen Jahr."

„Auf Wiedersehen Frau Meier", schallte es im Chor.

Nina packte ihr Buch „Ronja Räubertochter", ihr Deutschheft und ihr Federmäppchen in ihren Schulranzen. Der Schulranzen hatte an allen Ecken Löcher, da er bereits von ihrem älteren Bruder Matthias benutzt wurde.

Emma begleitete sie auf ihrem Heimweg. Sie war ein ebenso schmales Mädchen und lebte zwei Häuser weiter. Sie kannten sich bereits seit dem Kindergarten und spielten beinahe täglich miteinander.

„Sehen wir uns nach den Hausaufgaben?", fragte Nina.

„Ich kann heute leider nicht. Meine Tante aus Münster kommt zu besuch. Mein Onkel ist vor zwei Wochen an Corona gestorben und sie trauert noch sehr."

„Das tut mir leid", stammelte es aus Nina heraus.

Sie kannte Emmas Onkel. Er war ihrer Meinung nach nicht alt gewesen, höchstens 50 und ein sehr netter Mann. Er hatte ihr zu Weihnachten immer einen Schokoladen-Nikolaus vorbeigebracht.

Beide schwiegen den restlichen Heimweg.

„Ich rufe dir dann morgen an", sagte Emma und ging die Treppen zur Haustür Nummer 35 hoch.

Nina winkte ihr hinterher und verschwand ebenfalls hinter der weihnachtlich geschmückten Haustür mit der großen Nummer 30.

Bereits im Hausgang roch sie, dass ihre Mutter ihr Lieblingsessen gekocht hatte. Hähnchenschenkel mit Pommes. Sabrina arbeitete in Teilzeit und war an diesem Dienstag Zuhause.

„Na, wie war dein letzter Schultag vor den Weihnachtsferien?", fragte ihre Mutter Sabrina.

„Super! Ich habe in der Mathematikarbeit, die wir vor zwei Wochen geschrieben haben, eine Zwei und in Deutsch haben wir endlich Ronja Räubertochter fertiggelesen. Ich wäre gerne so mutig wie Ronja."

„Aber das bist du doch Nina!", antwortete Sabrina.

„Naja, da kenne ich Mutigere."

Matthias war gerade von der Schule nach Hause gekommen und Ninas Gesichtsausdruck veränderte sich blitzartig.

„Kannst du mich einfach einen Tag lang mal nicht nerven?", platzte es aus Nina heraus.

Matthias war ihr vier Jahre älterer Bruder mit lockigen Haaren, einem zu großen Oberteil und löchrigen Jeans. In seiner linken Hand hielt er sein neues IPhone 12, worauf er sehr stolz war.

„In vier Jahren bin ich ein tüchtiger Geschäftsmann und wohne in den USA", sagte er immer wieder.

Seine Noten ließen darauf aber nicht schließen. Die sechste Klasse der Roman-Koch-Gesamtschule hatte er mit viel Mühe gerade noch so geschafft.

„Wann gibt es Essen? Ich habe einen Kohldampf", fragte Matthias.

„Es ist gleich fertig. Wascht und desinfiziert euch bitte noch die Hände", antwortete Sabrina.

Während dem Essen herrschte gefräßige Stille. Matthias, der sowieso nicht derjenige war, der viel sprach, sagte heute gar nichts. Auch Nina war nicht nach Reden. Sie war immer noch etwas schockiert von der Nachricht, dass Emmas Onkel aus Münster nicht mehr lebte.

Nach dem Mittagessen machte sie ihre Hausaufgaben in Mathematik. Sie hatten in der Schule mit Multiplizieren begonnen. Die Multiplikationsaufgaben fielen ihr nicht leicht.

„Mathe ist einfach nicht mein Fach", dachte Nina.

Sie war eine sehr begabte Zeichnerin und konnte in dem Fach Kunst immer sehr gute Noten einholen.

„Sobald ich erwachsen bin, mache ich meine eigene Kunstschule auf", sagte sie eines Tages zu ihrem Vater Thomas, der ihr meistens abends bei den Hausaufgaben half.

„Und ich werde mich in deinen Kurs einschreiben", antwortete Thomas auf die Vision seiner Tochter.

In seinem Beruf als Schreiner war Thomas mit 14 weiteren Arbeitern für Büromöbel aller Art zuständig. Normalerweise bearbeitete er Aufträge von großen Unternehmen oder Konzernen aus der ganzen Welt. Meistens arbeitete er von sechs Uhr morgens bis 17 Uhr abends.

Nun war es bereits 18.30 Uhr und Thomas war immer noch nicht Zuhause.

„Mama, hat Papa gesagt, dass er heute länger arbeitet?"

„Nein Schatz. Ich rufe ihn gleich mal auf seinem Geschäftshandy an."

2

„Dann bekomme ich noch zwei Cheeseburger, eine 6er Chicken-Nuggets und eine große Cola."

„Darf es sonst noch was sein?", hallte es mit einer verkratzen Roboterstimme aus dem verrosteten Bestellapparat heraus.

„Nein, sonst nichts. Ich bin auf Diät", antwortete Kriminalobermeister Hofmann mit einem Lächeln auf den Lippen.

„Fahren Sie bitte bis zum nächsten Fenster."

Im Radio lief ABC von den Jackson 5 zu Ende.

„Und hier sind die Nachrichten um 20 Uhr mit Volker Weinstein… Guten Abend meine Damen und Herren. Mit den Beschlüssen der Bundesregierung am vergangenen Wochenende, wird ab Mittwoch der zweite Lockdown beginnen. Zu hoch sind die Infektionszahlen des Robert-Koch-Instituts in den letzten Tagen gewesen. Ob es Lockerungen über die Weihnachtsfeiertage geben wird und wie diese…"

„21,40 € bitte."

Der Mitarbeiter der Fast-Food-Kette unterbrach den Radiomoderator.

„Oh ja, entschuldigen Sie. Ich war in das Radio vertieft. Es ist einfach unglaublich in was für einer Zeit wir leben. Hätte mir vor einem Jahr jemand gesagt, dass die

Regierung beschließen wird, dass die Menschen über die Nacht ihr Haus nicht mehr verlassen dürfen, hätte ich ihn wohlmöglich für verrückt erklärt. Hier bitte. Nehmen sie den Rest als Trinkgeld."

Er steckte seinen Geldbeutel zurück in seine Jackentasche, nahm sein Essen am zweiten Fenster entgegen und fuhr in die neblige Nacht. Sven Hofmann war Kriminalobermeister und mit seinen 59 Jahren der Älteste und Berufserfahrenste in der ganzen Umgebung. In seinen 39 Jahren Berufserfahrung hatte er schon den ein oder anderen Fall gelöst. Ermordete Kinder, zerstückelte Leichen oder erdrosselte Frauen holten ihn immer wieder in seinen Träumen ein. In allen Fällen handelte er immer mit dem Ziel, der Familie der Opfer die Sicherheit zu geben, dass der Täter gefasst wird. Es gab keinen Fall, bei dem er sein Ziel nicht erreicht hatte. Auf dem Weg zur Nachtschicht war auffallend wenig auf den Straßen los. Normalerweise geriet er auf dem Weg zur Arbeit immer in den Feierabendverkehr. Da es von der Regierung aber angeraten war, möglichst wenig das Haus zu verlassen und deshalb sehr viele Menschen aus dem Home-Office arbeiteten, waren auch die Straßen leer. Ein leichter Nebel legte sich langsam auf die unbefahrene Straße, während Sven singend am Polizeirevier ankam. Im Gemeinschaftsraum warteten bereits seine Kollegen Bastian Böhm und Carola Otto. Bastian war gerade 24 geworden und arbeitete erst seit einem Jahr zusammen mit Sven. Carola war, wie Sven sie oft nannte, mit 26 Jahren Berufserfahrung an der Seite von Sven seine „beste Hälfte". Sie war ebenfalls die Tochter von Svens bestem Freund. Vor 29 Jahren hatte sie ihren Schulabschluss geschafft und nicht gewusst, welchen Beruf sie ausüben möchte. Sven hatte sie zu einem zweiwöchigen Praktikum bei sich eingeladen. Diese zwei Wochen gefielen ihr so sehr, dass sie sich sofort auf eine Ausbildungsstelle bewarb und nach dieser unbefristet übernommen wurde. Sie konnte sich eine Arbeit ohne Sven nicht mehr vorstellen, zu gut verstanden sich beide.

„Ich hoffe du hast uns etwas mitgebracht, mein Magen grummelt schon vor Hunger", sagte Bastian, als Sven den Raum betrat.

„Lass mich doch erstmal ankommen Sohnemann", erwiderte Sven.

Bastian war nicht Svens Sohn. Er konnte es jedoch nicht ausstehen, wenn Sven sein Alter ausnutzte und ihn als Kind bezeichnete, was Sven immer wieder Spaß machte.

„Dachtet ihr etwa, dass ich meine allerliebsten Arbeitskollegen verhungern lassen könnte?" „Selbstverständlich nicht. Wie war dein Urlaub?", fragte Carola.

„Den Umständen entsprechend. Wir konnten durch die Einschränkungen nicht viel unternehmen und haben deshalb die meiste Zeit Zuhause verbracht. Susanne hat das Haus geschmückt und ich habe unseren Tannenbaum aufgestellt."

Susanne war Svens Ehefrau. Beide wuchsen im gleichen Dorf auf und kannten sich deshalb seit ihrer Kindheit. Susanne wuchs in einem sehr streng katholischen Elternhaus auf, weshalb sie ihre Beziehung anfangs geheim hielten. Ihr Vater hätte die Beziehung verboten, hätte er herausgefunden, dass Susanne beinahe täglich nicht ihre Freundin besuchte, sondern sich mit Sven hinter der Dorfhalle traf. Nachdem Susannes Vater mit 39 Jahren an Lungenkrebs verstarb, machten sie ihre Beziehung öffentlich und heirateten zwei Jahre später.

Kinder wollten beide nicht. Beiden war der berufliche Aufstieg und Erfolg wichtiger, als ein Kind zur Welt zu bringen. So lebten sie bis heute in einem kleinen, bescheidenen Bauernhaus am Stadtrand.

„Was ist bei euch in den letzten zwei Wochen passiert? Habt ihr mich vermisst?"

„Und wie! Der Fall mit der ertrunkenen Frau konnte gelöst werden. Ihr verzweifelter Exmann hatte sie vergiftet und in den nächsten See geschmissen, damit es wie ein Unfall aussah. Blöd nur, dass wir das in dem Körper der toten Frau gefundene Batrachotoxin, das von den südamerikanischen Ureinwohnern auch zur Jagd benutzt wird, im Schlafzimmer des Exmannes gefunden haben. Es wird noch untersucht, wie er an ein so tödliches Toxin gelangen konnte. Unter Verdacht steht seine Mutter. Diese arbeitet in einem Labor, die zufälligerweise Frösche, darunter auch südamerikanischer Pfeilgiftfrösche der Gattung Blattsteiger, untersuchen. Dreimal darfst du raten, was man aus der Haut dieser Frösche gewinnt", erklärte Carola.

„Batrachoblablabla. Ich habe Hunger. Wie sieht es mit euch aus?", fragte Sven.

„Rhetorische Frage. Her mit den Nuggets!", erwiderte Bastian.

„Gestern Abend haben die Kollegen einen Toten in der Schreinerei Meier gefunden", sagte Bastian. „Irgendwelche Hinweise auf einen Mord?", fragte Sven. „Nein, nichts. Die Leiche wurde dem Rechtsmediziner übergeben. Wir sollten morgen die ersten Ergebnisse erhalten", antwortete Carola.

„Besteht die Möglichkeit, dass eine Corona-Erkrankung zum Tod führte? Aufgrund der immer stärker steigenden Infektionszahlen dürfen wir dies nicht unbeachtet lassen!"

„Schon möglich, aber wir müssen die Ergebnisse abwarten."

Die Nacht verlief ruhig. Die Kollegen der Streife mussten das ein oder andere Mal ausrücken. Meistens meldeten verärgerte Nachbarn, dass sich ihre Nachbarn nicht an die Ausgangsbeschränkungen hielten, was sich oft als ein Irrtum herausstellte.

„Guten Morgen Meister."

Damit weckte Bastian Sven, der sich eine Stunde hingelegt hatte.

„Ist es schon acht Uhr?"

„Es ist bereits halb neun", antwortete Bastian.

„Die Ergebnisse des Rechtsmediziners zur Untersuchung des Toten in der Schreinerei sind soeben eingetroffen."

3

Mittlerweile war es 20 Uhr und Thomas war noch nicht von der Arbeit Zuhause.

„So langsam mache ich mir Sorgen", stammelte Sabrina. „Er geht weder an sein Geschäftshandy noch an sein Privates. Sein Arbeitskollege Tom ist heute früher gegangen und sonst erreiche ich niemanden. Wenn er sich um 21 Uhr noch nicht gemeldet hat, rufe ich die Polizei."

Da Thomas auch um 21 Uhr noch nicht Zuhause war und sich bei allen Anrufversuchen nur die nette Stimme der Mailbox meldete, hatte Sabrina keine andere Möglichkeit, als die Polizei zu verständigen, welche nach weiteren zwanzig Minuten, die sich wie eine Ewigkeit anfühlten, an der Tür klingelten.

„Guten Abend Frau Fischer. Sie haben uns angerufen, weil ihr Ehemann nicht von der Arbeit nach Hause gekommen ist? Dürften wir bitte kurz eintreten?", fragte der Polizist.

„Natürlich. Kommen Sie herein", antwortete Sabrina.

Beide setzten sich im Wohnzimmer auf die neue Ledercouch und befragten Sabrina.

„Wann kehrt ihr Mann normalerweise von der Arbeit nach Hause?", fragte der eine.

„Normalerweise ist er spätestens um 17 Uhr Zuhause. Da die Schreinerei einen großen Auftrag für einen wichtigen Kunden angenommen hat, wurde es in letzter Zeit auch schonmal 18 Uhr, aber niemals später."

„Frau Fischer, wir haben eine weitere Streife zum Arbeitsplatz Ihres Mannes geschickt. Diese werden nach Ihrem Mann suchen", meinte ein Polizist.

„Vielen Dank. Sie müssen wissen, dass ich, wie mein Mann, in der Schreinerei Meier arbeite. Ich bin in der Verwaltung tätig und arbeite in Teilzeit, da ich mich den restlichen Tag um meine Kinder kümmere. Wären diese nicht da, wäre ich selbst zur Arbeit gefahren und hätte nach ihm gesehen", sagte Sabrina.

„Selbstverständlich Frau Fischer. Das ist unser Job", antwortete der andere Polizist.

Nach zwanzig Minuten und acht weiteren Fragen klingelte das Handy eines Polizisten.

„Entschuldigen Sie mich bitte kurz."

Er ging um die Ecke und nahm den Anruf an. Sabrina konnte nicht verstehen, wer der Anrufer war und weshalb er anrief, alles was sie verstand war ein leises „Ok… Danke für deinen Anruf…Wir informieren Frau Fischer." Nach zwei Minuten kehrte er zurück in das Wohnzimmer der Familie Fischer.

„Frau Fischer ich habe soeben einen Anruf unseres Kollegen erhalten, der an den Arbeitsplatz Ihres Mannes gefahren ist. Wir müssen Ihnen leider mitteilen, dass Ihr Mann tot in der Umkleidekabine aufgefunden wurde. Mehrere Reanimationsmaßnahmen waren nicht erfolgreich."

Stille.

Sabrina wusste nicht, wie sie reagieren sollte. In ihr brach in genau diesem Moment eine Welt zusammen.

Das konnte nicht sein. Ihr Mann konnte nicht tot sein. Es musste sich um eine Verwechslung handeln. Thomas würde jeden Moment Zuhause ankommen und alles würde sich als ein großes Missverständnis enttarnen. Ihre Gefühle spielten verrückt. Trauer, Wut und Unglaubwürdigkeit machten sich binnen einer Sekunde gleichzeitig in ihr breit. Sie begann zu weinen und fiel einem Polizisten um den Hals. Wie sollte sie allein ein Haus finanzieren können? Wie sollte sie den Kindern erklären, dass ihr geliebter Vater nie mehr nach Hause kommen wird? Woran ist Thomas gestorben?

Minuten vergingen. Minuten, deren Stille von dem Weinen Sabrinas gefüllt wurde. Niemand sagte etwas, bis einer der beiden Polizisten aufstand.

„Haben Sie jemanden, den Sie anrufen möchte, damit er vorbeikommt?", fragte er.

„Nein, ich möchte jetzt allein sein und meinen Kindern alles erklären", antwortete Sabrina.

Die Tür schloss sich hinter den Polizisten und Sabrina brach in sich zusammen. Sie spürte einen Schmerz, den sie bisher noch nicht gespürt hatte. Ihr Herz zog sich zusammen. Es fühlte sich an, als mache sich eine große Leere in ihr breit. Fragen über Fragen kamen ihr in die Gedanken. Fragen, auf die sie keine Antwort hatte.

„Mama was ist denn los?"

Matthias kam gerade aus seinem Schlafzimmer und fand seine Mutter auf dem Küchenboden in Embryonalstellung. Auch Nina kam dazu. Für sie war es eine neue Situation. Bis auf ihren Großvater, Thomas´ Vater, hatten sie bisher kein Familienmitglied verloren.

Der erste Tag nach dem Tod des Familienvaters war gefüllt mit Trauer. Familienmitglieder kamen zu Besuch und schauten nach dem Wohlergehen der Familie. Sabrina ging die ersten Tage nach dem Tod ihres Mannes nicht zur Arbeit. Zu viele Dinge mussten geregelt werden. Wo wird Thomas begraben? Die Witwenrente musste von Sabrina beantragt werden und Thomas Konto musste auf Sabrina umgeschrieben werden.

Bereits am Tag nach Thomas Tod hatte Sabrina die Todesursache des Rechtsmediziners erfahren. Das Corona-Virus.

4

„Aktenzeichen 65548 … Name des Toten: Thomas Fischer … Todeszeitpunt 17.40 Uhr … Todesursache…", las Bastian vor.

„Trommelwirbel bitte. Todesursache: Versagen der Lunge infolge einer Infizierung mit dem Virus SARS-CoV-2 („Coronavirus"). Damit haben wir auch diesen Fall gelöst. Herzlichen Glückwunsch werte Kollegen", spaßte Bastian mit Sven und Carola.

„Das ging schnell", bemerkte Sven.

„Die Obduktion und Untersuchung auf mögliche Vorerkrankungen dauert doch normalerweise einen bis zwei Tage. Haben die Kollegen der Rechtsmedizin etwas an ihren Abläufen geändert?", fragte Sven Carola, die mit einem Achselzucken „nicht, dass ich wüsste" antwortete.

„Carola, lass uns zu Dr. Merwin fahren. Ich möchte mir die Leiche nochmal genauer ansehen. Bastian, bitte fahre zu Frau Fischer und befrage sie erneut. Bringe in Erfahrung, ob ihr Mann unter Vorerkrankungen litt und ob er in der Vergangenheit stark auf Krankheiten reagierte. Wir treffen uns in zwei Stunden wieder hier", sagte Sven.

Bastians Gesichtsausdruck verzog sich. „Aber ich habe doch jetzt Feierabend", motzte er.

„Feierabend ist ein Fremdwort in diesem Beruf. Bitte Bastian, es ist sehr wichtig diese Informationen zu bekommen", bat Sven Bastian, der Svens Anweisungen zustimmte und mit einem Polizeifahrzeug in Richtung Familie Fischer fuhr.

„Wieso willst du die Leiche nach der Untersuchung nochmal sehen?"

Die Frage lag Carola schon die ganze Zeit auf der Zunge.

„Ich bin mir nicht sicher. Als Bastian das Untersuchungsergebnis der Rechtsmedizin vorgelesen hat, hatte ich ein komisches Gefühl. Irgendwas in mir sagt, dass dabei etwas nicht stimmt. Zudem haben wir das Ergebnis ungewöhnlich schnell erhalten", antwortete Sven auf Carolas Frage.

In Svens Jeep fuhren sie zusammen zum Institut für Rechtsmedizin, welches knappe fünf Minuten vom Polizeirevier entfernt lag. Das Betreten war aufgrund der Corona-Pandemie nur mit einem Mund-Nasen-Schutz erlaubt. Am Eingang mussten sich beide anmelden. Der Zutritt zur Rechtsmedizin war nur zulässigen Medizinern und Polizisten nach Vorlage des Dienstausweises erlaubt. Sven und Carola mussten sich am Eingang ausweisen und in eine Besucherliste eintragen.

„Wir würden gerne Dr. Merwin sprechen", sagte Sven zur Pförtnerin.

„Der is′ jerade nich da!", antwortete die stämmige Pförtnerin etwas pampig.

„Es ist sehr dringend!", äußerte sich Sven, etwas verwundert über die unfreundliche Antwort der Pförtnerin.

„Hab ick mich etwa schlecht ausjedrückt? Er is´ jerade nich da!", schallte es aus dem kleinen, mit Ordnern vollgestopften Zimmer der Pförtnerin hervor.

„Ich bin mir nicht sicher, ob Ihnen Ihr Croissant die Ohren verklebt hat, aber mein Kollege hat Ihnen gerade gesagt, dass es dringend ist. Entweder Sie schwingen Ihren fülligen Hintern aus Ihrem kleinen Kabuff und machen sich auf den Weg, Herrn Dr. Merwin zu informieren, dass ein sehr dringender Besuch angekommen ist oder ich leite alles in die Wege, dass Sie nächste Woche nicht mehr hier sitzen. Ich hoffe das war auch für Sie deutlich ausgedrückt!"

Sven kannte Carola in den ganzen Jahren, die sie miteinander gearbeitet hatten, eher als eine zurückhaltende, friedliche Frau, die niemandem etwas Böses wollte. Wie sie in diesem Moment die Pförtnerin in die Schranken gewiesen hatte, erstaunte nicht nur die Pförtnerin selbst, sondern auch Sven starrte mit offenem Mund Carola an.

„Ich meine … er … also … ich kann versuchen ihn auf dem Handy zu erreichen."

Eingeschüchtert hatte die Pförtnerin sogar ihren Berliner Dialekt abgelegt.

„Sehr gerne", antwortete Carola mit einem herrischen Lächeln auf den Lippen.

Die Pförtnerin durchsuchte einen Ordner und tippte anschließend eine Nummer in ihr Telefon. Nach einer kurzen Pause konnte man eine männliche Stimme am anderen Ende der Leitung wahrnehmen. Der Mann sprach sehr leise, weshalb Carola und Sven nicht jedes Wort verstehen konnten.

„Hallo Herr Dr. Merwin, hier sind zwei Mitarbeiter der Polizei, die Sie dringend sprechen möchten", sprach die, wie verwandelte, höfliche Pförtnerin in ihr braunes Schnurtelefon.

„… gerade nicht … Auto … Dr. Hilbert …", konnte Sven wahrnehmen.

„Ich werde es ausrichten. Einen schönen Tag Herr Dr. Merwin", antwortete die Pförtnerin und legte das Telefon auf die Station zurück.

Etwas ängstlich richtete sich ihr Blick wieder nach oben zu den zwei Polizisten.

„Entschuldigen Sie bitte, aber Dr. Merwin ist nicht mehr bei der Arbeit und er wird diese Woche auch nicht mehr arbeiten. Ich darf Sie beide zu Dr. Hilbert bringen. Er wird Ihnen weiterhelfen. Bitte folgen Sie mir."

Die Pförtnerin, die zuvor so aussah, als würde sie in ihrem Bürostuhl feststecken, wand sich aus ihrem kleinen Zimmer und machte Sven und Carola mit einer Handbewegung deutlich, ihr zu folgen. Sie gingen durch große, weiß gestrichene Fluren an deren Wände Bilder von obduzierten Leichen aus besonderen Todes- und Mordfällen hingen. Gegenüber der Kühlkammern befand sich ein Raum an dessen Tür ein Schild mit dem Namen Dr. Hilbert hing. Die Pförtnerin klopfte zweimal kräftig mit ihrer Faust an der Tür, worauf ein „herein" aus dem Zimmer zu hören war.

„Ich lasse Sie dann allein mit Herrn Hilbert", sagte die Pförtnerin und ging den langen Flur zurück zum Gebäudeeingang.

Sven öffnete die Tür zu Dr. Hilberts Büro und ließ Carola zuerst eintreten.

Das Zimmer war im Vergleich zu den großen Fluren sehr klein. Die Wände waren, wie alle anderen Wände in dem Gebäude, weiß gestrichen. Im Eck, gegenüber der Tür stand ein Schreibtisch, welcher vollgestellt mit

Ordnern, Büchern und Akten sehr unordentlich aussah. Auf dem Schreibtisch befand sich ebenfalls ein Computerbildschirm hinter welchem ein kleiner, ca. 55-jähriger Mann hervorkam. „Guten Tag die Herren, wie kann ich Ihnen weiterhelfen?", fragte der Mann im weißen Kittel. Sven antwortete: „Wir wollten eigentlich Dr. Merwin sprechen, er ist jedoch leider schon weg. Er meinte, Sie könnten uns weiterhelfen."

Carola übernahm das Reden.

„Wir ermitteln im Fall des toten Schreinereimitarbeiters, welcher vor zwei Tagen Tod am Arbeitsplatz aufgefunden wurde. Wir würden uns gerne die Leiche des Toten anschauen. Ist sie denn noch hier?"

„Sie haben Glück. Die Leiche von Herrn Fischer sollte heute vom Bestatter abgeholt werden. Dieser musste gestern jedoch alle Mitarbeiter in Quarantäne schicken, da ein Mitarbeiter positiv auf das Corona-Virus getestet wurde. Wir haben Herrn Fischer deshalb in unseren Kühlkammern gelagert. Bitte folgen Sie mir."

Dr. Hilbert stand auf und ging aus dem Büro. Sven und Carola folgten ihm. Vor den Kühlkammern, die Sven bereits vor dem Gespräch mit dem Doktor wahrgenommen hatte, standen Baren. Dr. Hilbert nahm eine Bare, rollte sie vor eine Kühlkammer, öffnete diese und zog eine verhüllte Leiche auf die Bare. Zusammen mit dieser gingen die Drei in einen weiteren Raum. Der Boden des Raums war gefliest und die Wände weiß gestrichen. Mitten im Raum stand ein metallener Tisch mit einem kleinen Beistelltisch, auf welchem Obduktionswerkzeug wie Skalpelle, Messer und Sägen lagen. Dr. Hilbert schob die Baren neben den Tisch und zog die Leiche auf diesen. Er entfernte die Hülle wodurch der leblose Körper von Herrn Fischer zum Vorschein kam.

Für Sven war der Anblick bereits Gewohnheit. Er erinnerte sich an seinen ersten Fall, in welchem ein kleines Kind erwürgt wurde. Der Anblick der Kinderleiche mit den Handabdrücken des Mörders am Hals des kleinen Mädchens bekam ihm nicht und er musste sich mehrere Male übergeben. Danach war ihm zwar manchmal noch mulmig, sobald er sah, wie der Tod den menschlichen Körper verändern konnte, übergeben musste er sich jedoch nicht mehr. Nicht einmal, als er einen Fall bearbeitete, in dem mehrere zerstückelte Leichen in einer Gefriertruhe aufgefunden wurden und die Einzelteile den Toten zugeordnet werden mussten.

„Das ist Herr Fischer. Todeszeitpunkt war ca. 17.40 Uhr vor zwei Tagen. Der Corona-Test war positiv und die Obduktion hat ein Versagen der Lunge ergeben. Aufgrund von Vorerkrankungen der Lunge schließen wir auf ein Lungenversagen infolge der Erkrankung an Corona. Muss ein schneller, aber sehr qualvoller Tod gewesen sein. Herr Fischer hatte sich nach der Arbeit in die Umkleiden begeben, in denen er die Arbeitskleidung ablegen wollte. Dort hat er keine Luft mehr bekommen, ist ohnmächtig geworden und infolge eines Herzstillstandes gestorben. Ihre Kollegen haben ihn gegen 21.30 Uhr leblos aufgefunden. Jegliche Reanimationsversuche schlugen fehl. Er wurde noch in der Schreinerei für Tod erklärt."

Sven ging zweimal um den Tisch mit der Leiche von Herrn Fischer und inspizierte ihn genau. „Haben Sie Röntgenbilder von ihm gemacht?", fragte Sven.

„Ja das haben wir. Warten Sie bitte einen Moment, ich hole sie schnell", antwortete Dr. Hilbert und ging aus dem Raum.

Sven drehte die Leiche zur Seite, sodass man den Rücken sehen konnte. Im Genick des Toten waren mehrere rote Druckspuren zu sehen. Er zog schnell sein Handy aus der Hosentasche und machte Bilder von der Leiche. Carola sah ihn verwundert an, worauf sich Sven seinen linken Zeigefinger vor den Mund hielt, um ihr zu zeigen, dass sie nichts sagen sollte. Daraufhin drehte er die Leiche wieder zurück.

Dr. Hilbert kam mit zwei weißen Din-A4 Briefumschlägen zurück in den Raum. Er hatte nun ebenfalls eine Lesebrille angezogen. Auf dem obersten Umschlag stand „Aktenzeichen 65548 – Herr Thomas Fischer, geboren am 03.04.1976, Röntgenbilder – Dr. Christian Merwin."

„Herr Merwin ist also leitender Rechtsmediziner des Falles Fischer?", fragte Carola.

„Ganz richtig. Ich habe nur einige Notizen von ihm zu diesem Fall erhalten, da er für einige Tage wegfahren musste", antwortete Dr. Hilbert.

„Wissen Sie, wohin er gegangen ist?", fragte Sven den Doktor.

„Nein, das weiß ich leider nicht. Ich vermute zu seinen Eltern. Dort war er in letzter Zeit sehr oft", entgegnete Dr. Hilbert.

„Hier, nehmen Sie diesen Umschlag gerne mit auf das Revier. Das sind die Kopien der Röntgenbilder von Herrn Fischer", fuhr er fort.

Sven nahm den Umschlag und deutete Carola an, zu gehen.

„Vielen Dank Herr Dr. Hilbert, dass Sie uns so spontan aushelfen konnten", sagte er und ging aus der Tür. Carola folgte ihm.

Am Eingang des Gebäudes trugen beide die aktuelle Zeit in das Gehen-Zeit Feld des Besucherformulars ein und sie verabschiedeten sich von der Pförtnerin. Am Auto sagte Sven zu Carola: „Ich glaube wir sind da etwas sehr Seltsamen auf der Spur".

5

Nina fühlte sich unglaublich leer. Sie hatte keine Motivation etwas zu lernen oder zu spielen. Emma hatte sie heute angerufen und ihr gesagt, dass ihr der Tod des Vaters sehr leidtut. Sie kannte Thomas sehr gut.

Nina lag den gesamten Tag in ihrem Bett und versuchte zu schlafen. Nachdem ihr ihre Mutter am vergangenen Abend gesagt hatte, dass Papa nicht mehr nach Hause kommt, hat sie keine Minute geschlafen. Sie hatte starke Augenringe.

Gegen Mittag versuchte sie etwas zu essen. Aber selbst der Appetit blieb ihr weg. Sie schaltete den Fernseher ein und bemerkte, wie sie langsam einschlief. Als sie gerade am Dösen war, klingelte es an der Tür. Sie konnte hören, wie ihre Mutter zur Haustür ging und sie öffnete.

„Guten Tag Frau Fischer, bitte entschuldigen Sie die Störung. Mein Name ist Bastian Böhm, ich arbeite bei der städtischen Kriminalpolizei. Ich hätte noch ein paar Fragen zu ihrem Mann", sagte der Mann an der Tür. Nina stand aus ihrem Bett auf, zog sich etwas an und ging die Treppe runter in das Wohnzimmer, in dem der Mann bereits Platz genommen hatte.

„Hallo Nina, ich bin Bastian und ich arbeite bei der Kriminalpolizei. Der Tod deines Vaters tut mir sehr leid", sagte Bastian.

Nina setzte sich auf den Hocker, auf dem normalerweise immer ihr Vater saß und hörte den Fragen des Polizisten zu.

„Frau Fischer, hatte ihr Mann irgendwelche Vorerkrankungen der Lunge wie etwa Asthma?", fragte Bastian.

„Nein, er war nie krank. Er hat sich einmal den Finger gebrochen, aber sonst hatte er nie etwas Schlimmeres", antwortete Sabrina.

„Also hat er auch nicht regelmäßig Medikamente genommen?", frage Bastian.

„Nein auch nicht. Er mochte es nicht Medikamente zu nehmen. Selbst bei einer starken Grippe hat er nichts genommen. Er sagte immer, dass sein Körper das allein schafft."

„Hatte ihr Mann oft mit der Grippe zu kämpfen?"

„Er hatte die Grippe vielleicht zwei oder drei Mal. Er lag dann drei Tage im Bett und kurierte sich aus. Danach ging er wieder zur Arbeit. Er liebte seine Arbeit sehr. Er wurde vor zwei Monaten erst befördert."

Nina nahm wahr, wie die Stimme ihrer Mutter etwas zu zittern begann und ihr Tränen die Wangen runterliefen. Sie kannte ihre Mutter nicht weinend. Sie war immer eine sehr glückliche Frau gewesen, mit einem Haus, einer glücklichen Ehe und zwei gesunden Kindern. Bastian stand auf.

„Frau Fischer, sollte Ihnen noch etwas Wichtiges einfallen rufen Sie mich bitte direkt an. Hier ist meine Karte."

Der Polizist zog ein kleines Etui aus seiner Tasche und holte eine Visitenkarte heraus, übergab diese Sabrina und steckte sich das Etui wieder in die Tasche.

„Wieso wollten Sie diese Antworten noch haben? Die Todesursache meines Mannes ist doch bereits bestimmt", fragte Sabrina etwas verwundert.

„Wir haben die Antworten nur für unsere Dokumentation benötigt", antwortete Bastian und ging in Richtung der Haustür.

Sabrina stand auf und folgte ihm. Beide verabschiedeten sich. Nina saß noch immer im Sessel. Sie dachte über das kurze Gespräch zwischen ihrer Mutter und dem Polizisten nach.

„Zur Dokumentation? Wieso haben diese Fragen nicht die Polizisten gestern Abend gefragt?", fragte sie sich selbst.

Sie ging an diesem Abend nach einer Scheibe Brot früh schlafen.

6

Nachdem Sven und Carola am Polizeirevier angekommen waren, gingen beide nach Hause. Es war für beide ein sehr langer Arbeitstag gewesen. Auch Bastian fuhr von Familie Fischer direkt nach Hause.

Am nächsten Tag fanden sich alle drei im Gemeinschaftsraum wieder. Sven ließ sich gerade einen Kaffee aus der Kaffeemaschine, als Bastian begann vom Gespräch mit Frau Fischer zu berichten.

„Herr Fischer hatte laut Frau Fischer keine Vorerkrankungen. Er litt selten unter stärkeren Erkrankungen und nahm keine Medikamente. Auch andere Erkrankungen, wie die Grippe, machten ihm nie stark zu schaffen", berichtete er.

Sven nahm einen Schluck Kaffee und setzte sich neben Carola, gegenüber von Bastian.

„Und wir haben uns Thomas Fischers Leiche nochmal genauer angesehen."

Sven stand auf, ging zum Computer und druckte die Bilder, die er von seinem Handy gemacht hatte, aus. Er nahm sie und setzte sich wieder neben Carola.

„Herr Fischer hat sehr verdächtige Druckspuren in seinem Genick. Ich habe mich nochmals über die Obduktion der Leiche bei Dr. Hilbert informiert. Von der Obduktion können die Druckspuren nicht kommen.

Sie müssen vor dem Tod des Mannes entstanden sein", sagte Sven.

Carola übernahm das Wort.

„Ist es nicht sehr verdächtig, dass Herr Hilbert meinte, dass Herr Fischer an Vorerkrankungen der Lunge litt und Frau Fischer uns das Gegenteil schilderte?"

„Das finde ich allerdings auch. Bastian gib mir bitte kurz die Akte mit der Todesursache von Herrn Fischer." Bastian stand auf und holte die Akte aus dem Schrank. Er gab sie Sven, der erneut vorlas: „Aktenzeichen 65548. Name des Toten: Thomas Fischer. Todeszeitpunt 17.40 Uhr. Todesursache: Versagen der Lunge infolge einer Infizierung mit dem Virus SARS-CoV-2 („Coronavirus"). Dr. Merwin schreibt hier nichts von einer Vorerkrankung."

„Lasst uns die Druckspuren an Herrn Fischers Leiche einem anderen Mediziner zeigen. Dieser soll uns sagen, wie diese zustande kommen konnten. Carola, ist nicht dein Schwager Arzt an einer Universität?", fragte Sven.

„Michael? Ja du hast recht. Ich versuche gleich ihn zu erreichen und sende ihm die Bilder zu. Er soll mir sagen, wie diese Druckstellen entstehen konnten."

„Bastian, würdest du bitte bei der Rechtsmedizin anrufen und dich nach Dr. Merwin erkundigen? Wir müssen dringend mit ihm reden."

Bastian und Carola standen auf und beide begannen zu telefonieren. Sven las sich nochmals die Unterlagen durch. Nach zehn Minuten kehrte Bastian zurück.

„Dr. Merwin ist noch nicht zur Arbeit zurückgekehrt. Er hat sich heute für die restliche Woche krankgemeldet. Dr. Hilbert steht uns im Fall Fischer zur Verfügung", sagte Bastian.

„Dann werden wir ihm einen erneuten Besuch abstatten", antwortete Sven.

In diesem Moment kam Carola in den Raum.

„Wer hat die Ehre von euch besucht zu werden?", fragte sie.

„Dr. Hilbert. Kommt mit. Wir fahren zur Rechtsmedizin."

Alle drei gingen zum Parkplatz. Sven stieg auf der Fahrerseite ein. Bastian setzte sich auf die Rückbank und Carola auf den Beifahrersitz.

„Mein Schwager wird sich die Bilder heute noch ansehen und uns einen Bericht zusenden."

„Perfekt! Danke Carola."

Am Institut für Rechtsmedizin angekommen, begleitete die Pförtnerin sie zum Büro von Dr. Hilbert. Dieser saß wie einen Tag zuvor hinter seinem vollgestellten Schreibtisch und tippte etwas auf seiner Tastatur.

„Guten Tag die Herren", sagte er und stand auf.

„Wie kann ich Ihnen weiterhelfen?"

„Wir suchen Dr. Merwin. Ist er noch immer nicht da?", fragte Sven, obwohl er die Antwort bereits kannte.

„Nein, das tut mir leid. Ich habe erfahren, dass er sich für die restliche Woche krankgemeldet hat. Scheint wohl an der Grippe zu leiden", antwortete Dr. Hilbert und bat die drei, sich zu setzen.

„Dr. Hilbert wir haben ein paar Fragen zum Fall Fischer. Ich habe gestern Frau Fischer Zuhause besucht und sie zu sämtlichen Vorerkrankungen ihres verstorbenen Ehemanns befragt. Leider wusste sie nichts von einer Vorerkrankung. Thomas Fischer litt unter keinerlei Krankheiten und nahm auch keine Medikamente zu sich", sagte Bastian.

„Sie sprachen gestern jedoch von einer Vorerkrankung der Lunge. Wer hat Ihnen von dieser Vorerkrankung erzählt?", setzte Carola fort.

„Das kann ich Ihnen leider nicht sagen. Ich habe den Fall von Herrn Fischer nicht bearbeitet. Da müssten Sie Dr. Merwin befragen."

„Und der ist leider im Moment nicht hier. Ich dachte, er hat Sie über den Fall informiert?", fragte Sven.

„Ja, das hat er. Aber nur auf einem kleinen Notizblatt." Dr. Hilbert ging zu seinem Schreibtisch und suchte unter den Bergen von Akten bis er einen kleinen Zettel hervorholte.

„Hier sehen Sie gerne selbst nach." Sven nahm den Zettel und las ihn sich durch. Tatsächlich war darauf eine Vorerkrankung der Lunge notiert.

„Dachten Sie etwa, ich habe es mir ausgedacht?", fragte Dr. Hilbert in die Runde.

„Nein, selbstverständlich nicht. Wir glauben nur, dass hier etwas nicht stimmt. Ein Mann, der an seinem Arbeitsplatz tot aufgefunden wird, ein Rechtsmediziner, der als Todesursache eine Vorerkrankung notiert, von der die Ehefrau des Toten nichts weiß und der danach krankgemeldet ist. Wären Sie damit einverstanden, wenn wir den Zettel mit auf das Revier mitnehmen? Und könnten Sie uns bitte die Adresse von Dr. Merwins Zuhause notieren?"

„Nehmen Sie den Zettel gerne mit. Frau Müller, die Pförtnerin, wird Ihnen die Adresse von Dr. Merwin notieren. Bitte informieren Sie mich, wenn Sie etwas in Erfahrung bringen konnten", antwortete Dr. Hilbert und ging zur Tür, um die drei Polizisten zu verabschieden.

Am Eingang notierte Frau Müller die Adresse von Dr. Merwin und verabschiedete sich von den Polizisten.

Im Polizeirevier untersuchte Sven den Zettel mit den Informationen von Dr. Merwin genauer.

„Hier einige Informationen zum Fall Fischer", las Sven immer wieder leise vor. In seiner langen Zeit als Kriminalpolizist hatte er schon einige Möglichkeiten zum Überbringen geheimer Nachrichten gesehen. Doch auf diesem Zettel war nichts Merkwürdiges zu finden. Keine unsichtbare Tinte und bis auf das H im Wort Hier, welches dicker als die restlichen Buchstaben war, gab es keine Auffälligkeiten im Text.

Etwa eine Stunde später holte Bastian ihn aus seinen Untersuchungen.

„Hast du etwas gefunden?", fragte Bastian ihn.

„Nein, nichts. Ich glaube ich werde aus diesem Zettel nicht schlauer. Vielleicht müssen wir Dr. Merwin Zuhause besuchen."

„Carola ist schon unterwegs. Sie wollte dich nicht stören. Du warst wie hypnotisiert."

7

Carola fuhr mit einem zivilen Polizeifahrzeug zur Adresse, die die Pförtnerin aufgeschrieben hatte. Das Haus von Dr. Merwin befand sich etwa 20 Minuten vom Polizeirevier entfernt. Es war ein sehr großes Haus mit einer weißen Fassade.

„Weiß scheint die Lieblingsfarbe der Mediziner zu sein", dachte sich Carola.

Das Haus hatte einen großen Balkon. Aus dem Kamin stieg grauer Rauch empor. Sie parkte das Auto vor der Garage und stieg aus. Zur Haustür musste sie drei Stufen hoch gehen. Die Klingel hing aus der Vorrichtung und Kabel sahen dahinter hervor. Carola konnte erkennen, dass eines der Kabel durchgeschnitten war, weshalb die Klingel nicht funktionierte. An der Tür hing ein Zettel, der ähnlich wie der Zettel von Dr. Hilbert aussah.

Klingel defekt.

Bitte nicht stören.

Ich bin krank und werde die Haustür nicht öffnen.

- Dr. Merwin

Trotz dem Hinweis, nicht zu stören, klopfte Carola an der Tür. Keine Antwort. Sie versuchte es nochmals, jedoch antwortete auch dieses Mal niemand. Sie ging zur Garage, in welche man durch einen kleinen Schlitz schauen konnte. Sie sah, dass ein Licht im Haus brannte. „Dr. Merwin? Hier ist Carola Otto von der Kriminalpolizei. Sind Sie Zuhause?", rief Carola durch den kleinen Schlitz.

Wieder keine Antwort. Sie drehte sich um und ging zurück zum Auto. Auf dem Weg fiel ihr auf, dass die Mülltonne vor Dr. Merwins Haus vollgestopft war. Auf ihr lag ebenfalls ein Zettel, der aussah wie die beiden anderen auch. Sie nahm ihn und las ihn durch.

Milch	2 Beutel
Mehl	1 Packung
Eier	2 Packungen
Äpfel	3 Stück
Tomaten	5 Stück
Spaghetti	1 Packung

Es handelte sich um einen Einkaufszettel. Bis auf die Eier waren alle Produkte durchgestrichen.

„Scheint so, dass Dr. Merwin gerne backt."

Sie legte den Einkaufszettel zurück in die Mülltonne, stieg in das Auto und fuhr zurück zum Polizeirevier.

„Hast du Dr. Merwin aufgefunden?", fragte Sven.

„Hallo erstmal. Und nein, es brannte zwar Licht, aber er hatte diesen Zettel an der Haustür hängen. Ich habe ihn gerufen, aber er hat nicht geantwortet."

Carola gab Sven den Zettel.

„Komisch!", murmelte Sven mehrere Male vor sich her. Er stand auf und legte den Zettel der Haustür neben den Zettel von Dr. Hilbert. Ihm fiel sofort auf, dass das L im Wort „Klingel" ebenfalls dicker geschrieben war als die restlichen Buchstaben. Das gleiche war ihm beim H in Hier auf dem Zettel von Dr. Hilbert aufgefallen.

„Hast du sonst noch etwas gefunden?", fragte Sven. „Nein, sonst nichts Auffälliges. Ich bin nach mehrmaligem Klopfen wieder zurückgefahren."

Carola nahm sich einen Kaffee und setzte sich neben Sven.

„Fällt dir an diesen beiden Zetteln etwas auf?", fragte Sven.

„Ja, Dr. Merwin hat für einen Mann eine sehr schöne Handschrift", sagte Carola und lächelte.

„Nein das meine ich nicht. Sieh genauer hin."

Carola konnte nichts erkennen.

„Dr. Merwin weiß, dass wir den Fall noch bearbeiten. Er möchte uns etwas sagen. Sieh dir diese beiden Buchstaben an."

Sven zeigte mit beiden Zeigefingern auf die dick geschriebenen Buchstaben. Carola beugte sich nach vorne. In ihrem Gesicht konnte man etwas Begeisterung bemerken.

„Sven du bist spitze!", sagte sie und gab Sven einen kleinen Stoß.

„Wir müssen unbedingt erneut zu Dr. Merwins Haus fahren. Bastian hat bereits Feierabend, aber wir beide müssen nochmal hin."

Beide zogen sich die Jacken an, rannten zum Auto und fuhren in Richtung Dr. Merwins Zuhause.

„Hier ist es."

Carola zeigte auf das große weiße Haus, in dem Dr. Merwin lebte. Sven parkte das Auto, wie Carola zuvor auch, vor der Garage. Beide stiegen aus und liefen zur Haustür. Komischerweise bemerkte Carola, dass erneut ein Zettel an der Haustür hing.

Klingel defekt.
Bitte nicht stören.
Ich bin krank und werde die Haustür nicht öffnen.

- Dr. Merwin

Carola nahm den Zettel und las ihn sich durch.

„Der gleiche Zettel, wie der Letzte auch."

„Nein Carola. Sieh dir Dr. Merwins Name an."

Carola sah sich den Zettel erneut an. Sie staunte als sie das dick geschriebene E im Namen von Dr. Merwin entdeckte.

„Er möchte uns wirklich etwas mitteilen", sagte sie.

„Hast du meine Vermutung etwa in Frage gestellt?", fragte Sven.

„Habe ich das jemals getan?"

Sven lächelte und schüttelte den Kopf.

„Wir sollten jedoch weg von hier. Ich habe das Gefühl wir werden beobachtet", sagte Sven und zeigte unauffällig auf das Fenster im zweiten Stock.

Man konnte sehen, wie der Vorhang hinter dem Fenster wackelte.

„Bis gerade eben stand da noch jemand und ich glaube nicht, dass es Dr. Merwin war", flüsterte Sven und ging zurück zum Auto.

Gemeinsam fuhren sie zurück ins Polizeirevier.

Mittlerweile war es spät geworden und Carola und Sven legten ihren Dienstanzug ab. Gemeinsam verließen sie das Revier, um jeweils nach Hause zu fahren. Sven konnte an diesem Abend jedoch nicht von der Arbeit loslassen. Die drei Buchstaben H, L und E, die auf drei verschiedenen Zetteln von Dr. Merwin in dick geschrieben wurden, schwebten vor seinem Auge. Was wollte er ihnen sagen? War er in Schwierigkeiten? Wer war die Person hinter dem Fenster? Sven konnte nicht einschlafen.

Am nächsten Morgen wachte er gegen 07.00 Uhr auf. Eine halbe Stunde bevor sein Wecker ihn ungemütlich geweckt hätte. Sven drehte sich um, um seiner Frau einen Kuss auf die Wange zu geben. Der Platz neben ihm war jedoch leer. Sogar das Kissen und die Bettdecke fehlten. Er stand auf und ging in die Küche, um sich einen Kaffee zu machen. Im Wohnzimmer lag seine Frau auf der Couch. Sven weckte sie auf.
„Wieso hast du hier geschlafen?", fragte er sie.
Sie setzte sich auf, rieb sich die Augen und streckte ihre Hände in die Höhe, während sie tief gähnte.
„Du hast wieder sehr unruhig geschlafen und im Schlaf geredet. Nachdem du um dich geschlagen hast, habe ich mich hier hingelegt, um auch ein wenig schlafen zu können", antwortete sie, stand auf und machte sich ebenfalls einen Kaffee.
„Das tut mir sehr leid Susanne", erwiderte Sven, „was habe ich denn wieder geredet?", fragte er.
„Du hast um Hilfe gerufen", antwortete Susanne.
Sven runzelte die Stirn, ging zurück zu seiner Frau in die Küche und gab ihr einen Kuss.

„Und statt mir zu helfen bist du geflohen", sagte Sven mit einem Lächeln auf den Lippen. Susanne nahm ihren Kaffee und setzte sich an den kleinen Tisch, der in der Küche stand.

Sven machte sich fertig für die Arbeit, verabschiedete sich von seiner Frau und fuhr zum Polizeirevier.

Dort angekommen bemerkte er, dass Carolas Auto bereits auf dem Parkplatz stand. Sie war normalerweise nie vor Sven da. Er blickte auf seine Armbanduhr. „Nicht zu spät", dachte er sich und betrat das Polizeirevier.

„Guten Morgen Carola", sagte er.

Sie saß am großen Tisch und schrieb etwas auf ein Papier. Kurz darauf strich sie es wütend wieder durch. Erst als Sven sein „Guten Morgen" wiederholte schaute Carola auf.

„Endlich bist du da. Ich konnte die ganze Nacht nicht schlafen. Zuhause ist mir eingefallen, dass ich, als ich das erste Mal bei Dr. Merwin war, einen Einkaufszettel gefunden habe. Dieser wollte mir nicht aus den Gedanken gehen, weshalb ich, bevor ich zur Arbeit gefahren bin nochmals bei ihm vorbeigeschaut habe. Sieh hier. Das F in „Äpfel" ist ebenfalls dick geschrieben. Wir haben also vier Buchstaben, die auf vier verschiedenen Blättern dick geschrieben wurden. F, H, L und E. Ich finde aber kein Wort, das aus diesen Buchstaben gebildet werden kann. Ich habe nach Fleh gegoogelt aber nichts gefunden", sagte sie etwas verzweifelt.

„Dr. Merwin steckt in großen Schwierigkeiten", sagte Sven und ergänzte auf Carolas Blatt den Buchstaben I.

„Meine Frau hat heute auf der Couch geschlafen, weil

ich im Schlaf um Hilfe gerufen habe. ‚Hilfe´ ist das Wort, das uns Dr. Merwin geheim überbringen wollte."

In diesem Moment betrat Bastian den Raum.

„Guten Morgen Bastian. Du kannst deine Sachen direkt anbehalten. Wir müssen dringend zu Dr. Merwin fahren. Ich erkläre dir alles auf der Fahrt. Carola, bitte fahre zu Dr. Hilbert und schildere ihm unseren derzeitigen Stand. Bitte versuche etwas über Dr. Merwins Privatleben herauszufinden. Wir dürfen nicht vergessen, dass wir immer noch den Fall Fischer bearbeiten. Ich sehe einen Zusammenhang zwischen dem Tod von Thomas Fischer und der plötzlichen Krankheit von Dr. Merwin. Rufe mich sofort an, sobald du etwas herausgefunden hast."

Auf dem Weg zu Dr. Merwin schilderte Sven Bastian, wie sie die Zettel mit den dick geschriebenen Buchstaben gefunden haben, wie er in der Nacht um Hilfe gerufen hat und wie er dadurch auf Dr. Merwins Hilferuf kam. Bastian sagte nichts und hörte gespannt zu.

Während sie dem Radiomoderator zuhörten, wie das Wetter in den kommenden Tagen werden sollte, bemerkten sie wie ein schwarzes Auto aus der Hofeinfahrt von Dr. Merwins Grundstück fuhr und sich mit quietschenden Reifen entfernte. Sven fuhr auf den Hof und sah, wie die Haustür zugezogen wurde. Bastian und Sven rannten schnell hin.

„Polizei. Öffnen Sie die Tür", schrie Bastian. Keine Antwort. „Wir müssen da rein", sagte Sven und zeigte zum Garagentor. Das Garagentor hatte eine Tür, durch die man ebenfalls in die Garage gelangen konnte. Bastian wiederholte den Befehl, die Tür zu öffnen – ohne

Erfolg. Sven deutete Bastian an, etwas zur Seite zu gehen. Er nahm Anlauf und trat die Tür ein. Die Hand am Holster betraten beide die Garage. In der Garage stand ein großer weißer SUV.

„Ziemlich unaufgeräumt hier drin", sagte Bastian und zeigte auf die Werkbank.

„Eher demoliert. Jemand muss hier drin gewütet haben", antwortete Sven.

Sie betraten das Haus durch eine Holztür, die die Garage vom Wohnbereich trennte. Auch hier war zu erkennen, dass jemand ziemlich wütend gewesen sein musste. Der Spiegel im Hausflur war eingeschlagen und eine Vase war zerbrochen. In der Küche war der Esstisch umgeschmissen und ein Stuhl stand nur noch auf drei Beinen. In der Wand steckte ein Messer.

„Kein Blut", bemerkte Sven erleichtert.

„Psst."

Bastian hielt sich einen Zeigefinger an die Lippen. Kurz waren Schritte im oberen Stockwerk zu hören. Die beiden Polizisten schlichen die Treppe hoch und durchsuchten gemeinsam die Zimmer. Niemand war zu finden. Plötzlich war ein lautes Klirren, ein männlicher Schrei und schnelle Schritte hörbar. Sie rannten in das letzte Zimmer, das sie noch nicht durchsucht hatten und sahen, wie jemand aus dem Fenster sprang. Bastian rannte zum Fenster und sah einen Mann humpelnd wegrennen.

„Dr. Hilbert?" sagte Bastian fragend und rannte aus dem Haus.

Kurz herrschte Stille, die von Beethovens Neunter unterbrochen wurde – Svens Handy.

„Hofmann?"

Es war Carola.

„Hallo Sven. Ich bin gerade bei der Rechtsmedizin angekommen. Dr. Hilbert ist nicht hier. Hat heute wohl spontan frei genommen."

Sven unterbrach sie.

„Das wissen wir bereits. Dr. Hilbert ist gerade aus dem zweiten Stock von Dr. Merwins Haus gesprungen."

„Was? Was macht er denn bei Dr. Merwin?"

„Das wissen wir noch nicht. Bastian verfolgt ihn gerade. Das gesamte Haus ist verwüstet. Scheint als hätte es hier einen heftigen Streit gegeben. Ich hoffe Bastian holt Dr. Hilbert ein, damit wir ihn befragen können", sagte Sven.

„Dann werde ich zurück zum Revier fahren. Meldet euch bitte bei mir, sobald ihr etwas Neues erfährt."

Sven steckte das Handy zurück in seine Tasche, ging die Treppen runter in den ersten Stock und lief zu seinem Auto. Bastian wartete bereits mit Dr. Hilbert in Handschellen am Auto.

„Ist nicht weit gekommen. Hat sich wahrscheinlich das rechte Bein gebrochen. Ich habe bereits einen Krankenwagen angefordert", sagte Bastian mit etwas Stolz.

„Sehr gut gemacht mein Sohn. Dr. Hilbert. Was machen Sie denn hier?", fragte Sven und zeigte Bastian an, ihm die Handschellen zu entfernen.

„Ich wollte nur nach Dr. Merwin schauen. Habe mir ein wenig Sorgen gemacht", antwortete dieser, während er auf den Boden starrte.

„Und als Sie uns gehört haben ist Ihnen eingefallen, dass Sie noch einen Frisörtermin haben und sind schnell aus dem Fenster gesprungen?", fragte Sven ihn.

Er erhob seinen Kopf. „Nein, ich dachte sie kommen wieder."

Sven runzelte die Stirn.

„Wer kommt wieder?", fragte er Dr. Hilbert.

„Die Männer, die Dr. Merwin in letzter Zeit immer bei der Arbeit besucht haben", antwortete dieser. „Welche Männer?"

„Ich kenne sie nicht. Habe nur immer wieder Bruchstücke von Unterhaltungen mitbekommen. Es geht wohl um Drogen. Mehr weiß ich aber nicht"

„Und warum haben Sie uns davon nichts erzählt, als wir bei in der Rechtsmedizin waren?", fragte Bastian ihn.

„Die hören überall mit. Wir sollten uns hier auch nicht unterhalten", sagte Dr. Hilbert und deutete auf einen Mann, der in diesem Moment hinter der Hecke des Nachbarhauses verschwand. Bastian informierte das Krankenhaus, dass sie keinen Krankenwagen mehr benötigten, sondern direkt zum Krankenhaus fahren würden. Sie stiegen in das Auto und fuhren in Richtung des städtischen Klinikums.

„Hier können wir uns unterhalten", meinte Sven.

„Also raus damit. Wo steckt Dr. Merwin da drin?", fragte Bastian den Doktor.

„Wie ich bereits gesagt habe. Ich weiß es nicht genau. Es scheint wohl um sehr viele Drogen zu gehen. Und der Tod von Thomas Fischer hat auch etwas damit zu tun. Christian muss da irgendwie reingerutscht sein", antwortete Dr. Hilbert.

„Wissen Sie, wo er jetzt ist?"

„Sie haben ihn mitgenommen. Sind mit einem schwarzen Auto weggefahren. Ich wollte nur nach Christian schauen. Normalerweise ruft er mich an, wenn er krank ist. Aber dieses Mal hat er sich nicht einmal bei mir gemeldet. Das war mir sehr suspekt, weshalb ich zu ihm gefahren bin. Dort stand bereits das Auto. Christian hat sich gewehrt. Danach bin ich in das Haus und habe mich umgesehen als Sie ankamen. Ich hatte solch eine Angst, dass sie mich auch mitnehmen würden", antwortete der Doktor und begann zu zittern. „Bleiben Sie ruhig. Wir sind am Krankenhaus. Lassen Sie sich Ihr Bein anschauen und melden Sie sich wieder, wenn Ihnen noch etwas einfällt."

Sven hielt am Besucherparkplatz und lies Dr. Hilbert aussteigen.

„Vielen Dank!"

Er stieg aus und humpelte in Richtung des Eingangs. Sven fuhr vom Parkplatz und rief Carola über die Freisprechanlage an. Nach einer kurzen Zeit meldete sie sich.

„Hallo Sven. Habt ihr etwas rausgefunden?"

„Ja haben wir. Wir haben einen ganz großen Fisch an der Angel. Dr. Hilbert hat nichts mit der Sache zu tun."

Die nächsten 10 Minuten schilderte Sven Carola alles, was in der letzten Stunde passiert war und was Dr. Hilbert ihnen erzählt hatte.

Carola folgte den Worten der beiden gebannt.

„Denkt ihr, der Obduktionsbericht, den wir von Dr. Merwin zu Herr Fischer erhalten haben, war gefälscht?", fragte Carola in die Runde.

„Ich denke nicht gefälscht. Ich glaube eher, dass Dr. Merwin gezwungen wurde den Bericht so zu schreiben, wie wir ihn schließlich erhalten haben", antwortete Sven.

„Er wurde also bedroht. Und das so sehr, dass er die Polizei nicht einschalten konnte", setzte er fort.

„Frau Fischer ist die Einzige, die uns mehr erzählen kann. Wir müssen sie unbedingt kontaktieren."

Sven stand auf, lief zum schwarzen Schnurtelefon, welches für das Jahr 2020 sehr alt erschien.

8

Nina saß in ihrem Zimmer und las in ihrem neuen Buch „Harry Potter und die Heiligtümer des Todes" als sie hörte, wie in der Küche das Telefon klingelte. Der Ton, den das Telefon gab, war kein klassischer Klingelton. Es war eher eine Melodie aus einem Intro eines Films, den ihr Vater vor einiger Zeit als Klingelton eingespeichert hatte. Sie konnte ihre Mutter hören, wie sie aus dem Wohnzimmer in die Küche ging und den Anruf entgegennahm.

„Fischer", hörte sie sie sagen.

Eine kurze Pause.

„Selbstverständlich. Ich werde in 20 Minuten da sein. Ist es ok, wenn ich meine Tochter mitnehme?", hörte sie ihre Mutter den Anrufer fragen.

Nach einer kurzen Pause und einem prompten „Tschüss" rief ihre Mutter nach Nina. Nina stand aus ihrem Sessel auf und zog sich einen Pullover an, als ihre Mutter vor ihrer Tür stand.

„Ich habe dich gehört, Mama. Wohin soll ich mit?", fragte Nina.

„Wir müssen erneut ins Polizeirevier. Die Polizei hat wohl noch einige offene Fragen, die geklärt werden müssen und ich wollte dich nicht allein Zuhause lassen. Ist das für dich ok?", antwortete ihre Mutter.

Nina war in den Tagen nach dem Tod ihres Vaters sehr am Boden zerstört gewesen und sehr lustlos. Sie verkraftete es jedoch nach einigen Tagen schon wieder, dass der Stuhl neben ihr beim Frühstück leer blieb und, dass niemand pfeifend nach Hause kam. Vor allem Emma half ihr sehr, wieder die Lebensfreude zu finden. Sie zauberte ihr immer wieder ein Lächeln auf die Lippen.

„Na gut. Ich komme mit", antwortete Nina.

Sie ging die Treppe runter und zog sich ihre Jacke an. Als sie ins Auto stieg, fiel ihr auf, dass Emmas Kater auf ihrem Hausdach saß. Er sah etwas hilflos aus als er versuchte, durch das Dachfenster zu steigen. Während der Fahrt war ihre Mutter sehr ruhig und nachdenklich. Auch Nina machte sich Gedanken, was die Polizisten noch für offene Fragen hätten. Sie waren doch bereits zweimal bei ihnen Zuhause gewesen und hätten ihre Mutter mit Fragen gelöchert. Die Ursache für den Tod ihres Vaters schien geklärt zu sein. Das Corona-Virus, das es bisher geschafft hatte, zwei Millionen Menschen aus dem Leben zu reißen und damit auch vielen Familien ein geliebtes Mitglied wegnahm, wütete weiter. Ein Leben, wie es noch vor einem Jahr war, war nicht mehr zu erdenken. Statistisch steckte jeder Erkrankte zwei weitere Menschen an. Das Betreten des öffentlichen Raums war nur noch mit einem Mund-Nasen-Schutz erlaubt und nach 20 Uhr durfte man das Haus nicht mehr verlassen. Private Treffen durften nur noch mit einer weiteren Person über dem eigenen Haushalt stattfinden.

Am Polizeirevier angekommen zogen sich Nina und ihre Mutter jeweils einen Mundschutz an. An der Tür empfing sie ein bekanntes Gesicht. Der junge Polizist, der bereits vor einigen Tagen bei Familie Fischer Zuhause war, stand vor der Tür und erwartete die beiden bereits.

„Hallo Frau Fischer. Du bist Nina, habe ich recht?", fragte sie der junge Polizist.

„Genau, das bin ich", antwortete sie.

„Kommen Sie rein. Wir haben noch ein paar Fragen an Sie. Nina möchtest du mit mir mitkommen? Ich zeige dir mal unser Revier."

Nina nickte zustimmend und folgte, wie sie dem kleinen Namensschild entnehmen konnte, Bastian in einen langen Flur. Sie sah, wie ihre Mutter einen Raum betrat, in dem bereits ein Mann und eine Frau saßen.

Bastian zeigte ihr das gesamte Revier. Von den Büroräumen, über die Verhörräume, bis hin zur Waffenkammer lernte Nina viele Dinge über den Alltag eines Polizisten kennen. Nach ihrem kleinen Rundgang bat Bastian sie in einem kleinen Raum sich auf einen Stuhl zu setzen. Der Raum hatte blaue Wände und beinhaltete nur einen rechteckigen Tisch mit vier Stühlen daran. Nina setzte sich auf einen. Bastian nahm einen Stuhl gegenüber von ihr.

„Nina, wir ermitteln derzeit noch im Fall deines Vaters. Unsere Ermittlungen haben uns zu verschiedenen Zwischenfällen geführt, deren Zusammenhang wir bisher nicht feststellen konnten. Kannst du mir sagen, was dein Vater gerne in seiner Freizeit gemacht hat?"

Nina überlegte nur kurz, bis ihr die Angelwochenenden mit ihrem Vater in den Sinn kamen.

„Angeln", sagte sie.

„Wir angelten oft miteinander."

„Und was habt ihr geangelt?", fragte sie Bastian.

„Na Fische natürlich", antwortete sie.

„Kannst du mir auch sagen welche Fische genau?",
fragte der Polizist weiter.

„Nein, das weiß ich nicht. Mal Große, mal Kleine. Mein
Vater sagte immer, dass es abhängig vom Wetter war.
Das glaubte ich ihm aber nie. Die Fische suchen sich ja
schließlich nicht nur Tage mit gutem Wetter aus, an
denen sie etwas fressen möchten. Die Fische müssen
auch täglich Hunger haben, wie ich es habe", antwortete
Nina.

„Du bist ein schlaues Mädchen. Ich war noch nie angeln.
Mein Vater ging an Wochenenden lieber auf den
Sportplatz und feuerte meinen Cousin bei seinem
Fußballspiel an. Da blieb wenig Zeit für mich übrig."
Bastian schaute aus dem Fenster.

„Naja. Genug von mir, kommen wir doch wieder zurück
zu dir. Hast du sonst irgendetwas mit deinem Vater
regelmäßig unternommen?"

Nina dachte nach. Hatte sie sonst nichts mit ihrem Vater
unternommen?

„Papa war unter der Woche bis spät am Abend arbeiten.
Danach half er mir bei meinen Hausaufgaben." Der
Polizist verzog sein Gesicht. Nina sah, dass er
nachdachte.

„Das war es dann Nina. Entschuldige, dass ich dich
nochmals befragen musste. Ich kann mir denken, dass es
eine sehr schwere Zeit für dich sein muss."

Bastian stand auf und öffnete die schwere Tür. Auch
Nina stand auf.

„Lass uns zu deiner Mutter gehen. Meine Kollegen
müssten bereits fertig sein."

Nina konnte ihren Augen nicht glauben, als sie den
Raum erreichten, an dem ihre Mutter sie mit Bastian

hatte gehen lassen. Auch Bastian war die Überraschung anzumerken. Ninas Mutter saß auf dem metallischen Stuhl – mit Handschellen. Sie weinte.

„Nina, es ist nicht so wie du denkst."

9

„Bitte setzen Sie sich", sagte Bastian zu Sabrina Fischer und schob ihr den Stuhl hin.

Sabrina und Nina Fischer waren, nachdem Sven sie kontaktiert hatte, innerhalb der nächsten Stunde im Revier angekommen. Nina war auf einen Rundgang durch das Revier mit Bastian mitgegangen. Sven und sein jüngerer Kollege hatten bereits im Vornherein besprochen, dass Bastian auch Nina noch ein paar Fragen stellen wird.

„Wie geht es Ihnen, Frau Fischer?", fragte Carola.

„Es geht mir soweit gut. Es fehlt etwas in meinem Leben. Aber ich bin den Verlust von Menschen seit jungen Jahren gewohnt."

„Darf ich fragen, was Sie damit meinen?", fragte Carola weiter.

„Meine Eltern starben als ich sieben Jahre alt war bei einem Autounfall. Sie waren auf dem Weg nach Hause von einem Konzert meines Cousins. Mein Cousin war Sänger und trat zu dieser Zeit auf einigen kleineren Bühnen auf."

„Das tut mir sehr leid", unterbrach Sven sie.

„Danach wuchs ich bei meinen Großeltern auf. Meine Großmutter litt zu dieser Zeit bereits schwer an Krebs. Lungenkrebs. Sie starb nur vier Monate nach dem

Autounfall meiner Eltern. Ab dort war mein Großvater meine einzige Bezugsperson."

Sabrina wischte sich eine Träne von der Wange.

„Frau Fischer, bitte entschuldigen Sie, dass wir Sie nochmals zu uns holen mussten, aber wir ermitteln derzeit in einem Fall, der in unseren Augen sehr mit dem Fall Ihres verstorbenen Ehemanns verflochten ist."

„Wieso, was ist denn los?", fragte Sabrina.

„Das können wir Ihnen derzeit leider nicht sagen. Kennen Sie einen Herrn Dr. Christian Merwin?"

Sabrina überlegte einen Moment.

„Nein, der Name sagt mir leider nichts. Was hat er mit meinem Mann zu tun?"

„Dr. Merwin ist Rechtsmediziner im Institut für Rechtsmedizin und hat den Fall Ihres Mannes behandelt."

Sven lehnte sich zurück.

„Dr. Merwin ist laut unseren Ermittlungen in einen eigenen Fall verwickelt. Seit einigen Tagen fehlt jede Spur von ihm."

„Sein gesamtes Haus ist verwüstet. Ein Arbeitskollege von ihm konnte berichten, dass Dr. Merwin in ein schwarzes Auto gesteckt wurde."

„Und was genau hat mein Mann damit zu tun?"

„Wir wissen es noch nicht Frau Fischer. Was wir jedoch wissen ist, dass der Todesbericht Ihres Mannes nicht stimmt", setzte Sven fort.

„Das bedeutet mein Mann ist nicht an Corona gestorben?"

„Nein. Auf seinem Rücken befanden sich komische Spuren. Ähnlich wie Schläge."

„Kampfspuren?"

„Genau. Wir vermuten, dass es bei der Arbeit zu einer Auseinandersetzung gekommen sein musste. Da aber nachweislich alle Arbeitskollegen zu dieser Zeit bereits Zuhause waren, muss sich jemand Zutritt zur Arbeitsstätte Ihres Mannes verschafft haben."

Alle drei zuckten zusammen als das Telefon am anderen Ende des Raums zu klingeln begann. Carola stand auf, nahm den Hörer in die Hand und meldete sich. Zu Beginn hatte sie ein Lächeln auf den Lippen. Dieses verflog aber mit zunehmender Telefondauer immer stärker.

„Vielen Dank und eine gute Besserung."

Carola kam zurück.

„Das war ein Anruf aus dem Krankenhaus. Dr. Hilbert wurde auf Krücken entlassen", sagte sie.

„Könnten Sie mich bitte mal aufklären?", Sabrina wirkte nervös.

„Dr. Hilbert ist der Arbeitskollege von Dr. Merwin, von dem wir bereits gesprochen haben", sagte Sven.

„Er konnte mir außerdem neue Informationen geben. Frau Fischer, er konnte sich daran erinnern, dass Dr. Merwin in letzter Zeit des Öfteren Frauenbesuch bei der Arbeit hatte. Und zwar von einer Frau, deren Beschreibung ganz zufälligerweise auf Ihr Aussehen zutrifft. Haben Sie uns etwas verschwiegen?"

Sabrinas Kopf senkte sich. Ihr linkes Bein begann zu wippen.

„Na gut. Ich kenne Christian. Und Thomas kannte ihn auch. Beide waren gute Freunde. Sie lernten sich bei der Bundeswehr kennen."

„Warum haben Sie uns davon nichts erzählt?", fragte Sven sie.

„Weil ich Angst hatte."

„Wovor denn? Damit haben Sie uns und unsere Ermittlungen manipuliert."

Carola stand auf.

„Thomas und Christian hatten sich in der letzten Zeit immer häufiger nach der Arbeit getroffen. Irgendwann war es so häufig, dass Thomas sogar die Geburtstagsfeier von Nina verpasste. Noch komischer war, dass Thomas immer mehr Geld verdiente. Er kaufte sich Dinge, die wir uns von unseren Löhnen niemals hätten leisten können. Eines Abends, als er sich wieder mit Christian traf, bin ich zu Christian gefahren. Ich konnte durch ein leicht gekipptes Fenster hören über was die beiden redeten."

„Reden Sie nicht um den heißen Brei. Raus mit der Sprache. Worüber redeten die beiden?", Carola stellte sich direkt neben Sabrina.

„Sie redeten über Methamphetamin. Ich wusste anfangs nicht was es ist. Dann fand ich aber heraus, dass es sich dabei um Chrystal Meth handelte. Die beiden stellten es her und verkauften es."

„Haben Sie Ihren Mann zur Rede gestellt?", fragte Sven in einem sanften Ton.

„Ja. Aber das hat ihn gar nicht interessiert. Er hat es einfach weitergemacht. Ich war verzweifelt und habe auch Christian darauf angesprochen. Er war sehr verwundert, dass ich davon wusste. Aber es hat alles nichts geholfen. Sie haben die Drogen weiterproduziert", Sabrina liefen einige Tränen die Wange herunter.

„Am Morgen seines Todes sagte er, dass er am Abend wieder zu Christian fahren werde. Ich war so verzweifelt und habe ihm ein Betäubungsmittel unter seinen Joghurt gerührt, den er nachmittags immer aß. Das hat ihn aber nicht getötet", Sabrina wurde laut.

„Frau Fischer, Sie stehen unter Verdacht Ihren Mann mit einem Betäubungsmittel umgebracht zu haben. Wir müssen Sie hierbehalten. Haben Sie Angehörige, die Ihre Tochter in dieser Zeit aufnehmen können?"

Carola stand auf und zog Handschellen aus Ihrer Tasche hervor. Sie bat Sabrina aufzustehen. Den Kopf mit einem nachdenklichen Gesichtsausdruck auf den Boden gerichtet stand sie wort- und widerstandslos auf und ließ sich die Handschellen anlegen.

„Meine Schwester. Meine Schwester kann sie abholen. In meiner Tasche ist mein Handy. Darf ich sie anrufen?" Carola nahm die Tasche und zog ein schwarzes IPhone heraus. Um es zu entsperren hielt sie es mit dem Bildschirm in Richtung Sabrinas Gesicht. Die Gesichtserkennung erkannte das Gesicht und entsperrte das Handy.

„Miriam. Fischer Miriam", sagte Sabrina.

Carola wählte den Kontakt Miriam Fischer zwischen Maximilian Arnold und Nadine Alt aus und aktivierte den Lautsprecher. Sabrina schilderte ihrer Schwester die Situation, die sich merklich erschrocken auf den Weg machte, um Nina aus dem Polizeirevier abzuholen. Fünf Minuten später stand diese zusammen mit Bastian vor der Tür. Beiden war der Schreck anzusehen. Nina begann zu weinen.

„Nina, es ist nicht so wie du denkst."

„Mama, wieso hast du die Handschellen an?", fragte Nina ihre Mutter.

„Das ist ein ganz blödes Missverständnis. Ich…"

„Vielleicht sollten wir Nina erstmal nicht in die Situation miteinbeziehen. Nina deine Tante wird dich jeden

Moment hier abholen. Bastian begleitet dich nach draußen. Hier hast du noch meine Karte. Gib diese bitte deiner Tante. Sollte etwas sein, kannst du mich jederzeit anrufen."

Nina wusste nicht was sie sagen sollte, weshalb sie nichts sagte. Sie schaute ein letztes Mal ihrer Mutter in die Augen. Zu diesem Zeitpunkt wusste sie nicht, dass es das aller letzte Mal sein sollte.

10

Odenstraße 41. Die Adresse einer Lagerhalle, in der Thomas Fischer und Dr. Christian Merwin ihre hergestellten Drogen vermutlich verkauft hatten, hatte Sabrina Fischer den Polizisten genannt. Carola und Sven hatten sich nach der Information sofort auf den Weg zu dieser Lagerhalle gemacht. Was sie auffanden war ein riesiges Gebäude bestehend aus verrosteten Stahlträgern, einem löchrigen Dach und Wänden überwuchert mit Efeu. Dem Logo über dem Haupttor zu entnehmen handelte es sich um eine verlassene Produktionsstätte eines Autoproduzenten, der bereits 30 Jahre zuvor Insolvenz anmelden musste. Autos wurden hier schon lange keine mehr produziert, dennoch sah der Platz nicht aus, als hätte seit 30 Jahren kein Mensch mehr einen Fuß hineingesetzt. Sven durchsuchte die veralteten Büroräume, bis er einen ausschlaggebenden Fund machte.

„Carola", rief er. „Ich glaube ich habe etwas gefunden."
Carola war in der gleichen Zeit durch die Produktionsstätte gelaufen und hatte sich die alten Maschinen angesehen. Als sie zu Sven kam zeigte dieser auf einen Computer.

„Was ist damit?", fragte Carola.

„Das ist ein Computer", antwortete Sven.

„Blind bin ich nicht. Aber was willst du mir damit sagen?"

„Das ist ein Lenovo ThinkPad X1 Carbon. Baujahr 2017."

„Und das bedeutet wiederum, dass das Gebäude nicht so leer steht, wie es aussieht."

„Gut geschlussfolgert Carola. Jemand muss in den letzten Jahren oder sogar Monaten hier gewesen sein. Ich versuche das Laptop zu starten."

Sven öffnete das verstaubte Laptop und drückte den Power-Knopf. Nachdem sich nichts rührte fiel ihm das Ladegerät in den Blick. Er steckte den Stecker in die Steckdose an der Wand und das Ende des Ladegeräts in die Buchse des Laptops. Ein kleines blaues Licht begann zu leuchten. Er drückte erneut den Power-Knopf.

„Na endlich."

Das Laptop startete und zeigte ein rotes „Lenovo" auf schwarzem Hintergrund. Das Logo wurde abgelöst von vier Wölfen auf einer grünen Wiese in dessen Hintergrund verschneite Berge zu sehen waren. Sven wurde aufgefordert ein Passwort einzugeben.

„Versuch es mal mit WviD2020", sagte Carola.

„Was hat denn das zu bedeuten?", fragte Sven sie.

„Na, Wir verkaufen illegale Drogen und das Jahr 2020."

Sven lächelte und tippte es spaßeshalber ein, wurde jedoch enttäuscht. Er durchsuchte den Schreibtischschrank, in dem er nichts außer einer alten Haarbürste, Klebestifte und einer Schere fand.

„Hast du in der Produktion unten etwas gefunden?", fragte Sven Carola.

„Nein, nichts Außergewöhnliches. Die Fließbänder sind schon lange nicht mehr gelaufen. Etwas, das auf Drogen und damit auf Dr. Merwin schließt habe ich nicht gefunden."

„Vielleicht müssen wir noch genauer hinsehen. Lass uns nochmal runter gehen."

Beide liefen die Treppe von den Büroräumen zur Produktionsfläche hinunter. Sie teilten sich auf. Carola durchsuchte die linke Hälfte der Halle und Sven die Rechte. Sie öffneten Kisten und krabbelten unter Maschinen. Nichts Auffälliges. Lediglich eine über die Jahre verwitterte Halle. Ein Lost-Place. In der hinteren Ecke der Halle befanden sich zwei Fließbänder. Beide hatten Löcher in den Bändern und das Metall war verrostet. Durch eines der Löcher im vorderen Band konnte Sven einen Karton sehen. Er war an die Unterseite des Bands befestigt.

„Ein Karton in diesem Zustand?", fragte er sich selbst.

Er versuchte unter die Maschine zu kommen, hatte durch eine Abdeckung an der Vorderseite jedoch keine Chance. Auch von den anderen Seiten war ein Zugang unmöglich.

„Denkst du wir können die Maschinen zum Laufen bringen?", fragte Sven Carola.

„Wieso denn das? Steigst du jetzt in die Autobranche ein?", gab sie zurück.

„Nein. Ich habe unter dem Band einen Karton gesehen. Dieser ist aber in einem so guten Zustand, dass er nicht dreißig Jahre alt sein kann. Außerdem ist er an das Band befestigt. Das perfekte Versteck."

Sven ging zur Bedienanlage der Maschine. Wie ein Laie drückte er jeden Knopf einmal und schob jeden Hebel, den er fand. Die Maschine gab kein Lebenszeichen von sich.

„Ich schätze wir sollten zuerst die Stromversorgung der Halle einschalten, bevor wir Autos produzieren, Meister." Carola konnte sich ein Lachen nicht verkneifen. Sie ging zum Eingang der Halle, dem großen Tor, und fand mehrere Schalter. Alle waren belegt mit Staub und wurden früher einmal beschriftet. Bei den meisten war die Schrift bereits abgeblättert, weshalb Carola keinen Schalter mit der Aufschrift „Strom Halle" oder einer ähnlichen Beschriftung fand. Was ihr jedoch sofort ins Auge fiel war, dass der erste Schalter nicht voller Staub war. Er war sauber. Sie legte den Hebel des ersten Schalters um und zuckte zusammen, als die Halle in einem hellen Schein von allen Lampen erleuchtet wurde.

„Und Carola sprach: Es werde Licht! Und es ward Licht", scherzte sie.

„Du bist die Beste", preiste Sven sie, als sie zurückkam.

„Naja. Ich habe lediglich einen Schalter umgelegt. Ich schätze, das hätten viele andere ebenfalls geschafft."

„Und wie bescheiden du bist."

Beide lachten.

Mit dem Licht waren auch die Bedienanlagen aller Maschinen erleuchtet. Wieder versuchte Sven die Maschine anzuschalten, blieb aber wieder erfolglos.

Plötzlich zuckten beide zusammen. Es waren Autoreifen, die über Schotter fuhren, zu hören.

„Das ist vor dem Haupttor", begann Sven zu flüstern.

„Los wir müssen weg von hier."

Beide schlichen davon. Sven zeigte auf die Büroräume, in denen sie zuvor versucht hatten, das Passwort des Laptops herauszufinden. Als mit einem lauten Knarzen das Haupttor aufgeschoben wurde, zog Sven Carola unter eine Maschine. Es war keine Große und der Freiraum darunter war so eng, dass beide nach Luft rangen.

„Hier muss es irgendwo sein."

Ein großer muskulöser Mann mit einem Vollbart und wenigen Kopfhaaren betrat die Halle. Sven und Carola konnten nur seine weißen Nike-Schuhe und Jeanshosen sehen. Er hatte einen griechischen Akzent.

„Dieser Malaka. Das wird er büßen."

Zwei weitere Männer betraten die Halle.

„Niko? Hast du etwas gefunden?"

Ein Mann mit grünen Hosen kam zum Vorschein.

„Wir können uns nicht lange hier aufhalten."

„Halt die Schnauze!", antwortete der Mann mit den weißen Schuhen und der, wie sich herausstellte, Niko hieß. „Es muss hier sein. Er sagte etwas von einem Fließband."

Die drei Männer kamen näher. Sie gingen zum Fließband, das Sven fünf Minuten zuvor versucht hatte zum Laufen zu bringen.

„Schalte sie an!", schnauzte Niko einen der beiden Männer an.

Dieser ging zur Maschine und bediente die Schaltfläche. Das Band begann sich mit einem lauten Krach zu bewegen. Carola warf Sven, trotz der Enge, einen schiefen Blick zu. Dieser erwiderte ihn nicht.

„Stop!", rief Niko und das Band hielt mit einem Knopfdruck an.

Zu sehen war ein brauner Karton, der mit Klebeband an das Laufband befestigt war. Niko öffnete den Karton und zog eine weiße Schachtel hervor. Er öffnete die Schachtel und starrte in sie hinein. Die Wut, die in diesem Moment in ihm aufstieg, war deutlich zu sehen. Seine Schlagader pulsierte und sein Gesicht lief rot an.

„DIESER MALAKA", schrie er durch die Halle. Es schallte zurück.

Sven und Carola hatten beide große Angst entdeckt zu werden. Immer wieder lief Niko knapp an den beiden vorbei, sodass sie die Luft anhalten mussten.

„Dafür wird er sterben. Kommt mit! Wir zeigen diesem Arschloch wie es sich anfühlt, wenn man Niko anlügt."

Die drei Männer verließen die Halle. Carola und Sven krabbelten unter der Maschine hervor und holten tief Luft. Sie schüttelten sich den Staub von den Kleidern. Nach einer kurzen Verschnaufpause begann Sven zu realisieren was passiert war.

„Die müssen Dr. Merwin festhalten", sagte er.

„Und sie werden ihn töten, wenn wir nichts unternehmen."

Sie rannten zum Haupttor und lauschten, ob die drei Männer sich noch vor der Halle befanden. Es war nichts zu hören, weshalb sie die Tür öffneten – und geradewegs in die Arme der Männer rannten.

„Ihr dreckigen Bullenschweine. Dachtet ihr etwa wir wissen nicht, dass ihr hier wart? Ihr hättet euren Wagen besser auf der Rückseite der Halle parken sollen. Vielleicht findet jemand eure Bullenkarre."

Das Letzte was Sven mitbekam war ein dumpfer Schlag auf seinen Hinterkopf und eine Leere.

Keine Schmerzen, sondern eine tiefe Leere.

11

Bastian versuchte bereits zum dritten Mal, Sven und Carola an ihren Handys zu erreichen. Von beiden erhielt er keine Antwort. Nachdem er Sabrina Fischer in eine Zelle gebracht hatte, recherchierte er in alten Akten nach Fällen, die mit Drogenproduktion, -handel oder -konsum zu tun hatten. In Svens ersten Fall bei der Kriminalpolizei mussten sie einem Drogenschmuggel aus dem Nachbarland nachgehen. Die Dealer hatten ausgehölte Schuhsolen in denen sie getarnt als Schuhhändler die Drogen ins Land schmuggelten. Erst als tausende von Schuhsolen in Mülltonen gefunden wurden und an diesen Spuren von Kokain nachgewiesen wurden, konnte man die Dealer ausfindig und dingfest machen. Später stellte sich heraus, dass es den Tätern durch dieses Drogenversteck zuvor gelungen war mehrere hunderte Kilogramm Kokain zu schmuggeln. Kopf der Bande war ein Herr Petridis der nach seiner Festnahme 10 Jahre in Haft war. Danach fiel er der Polizei immer wieder durch mehrere Körperverletzungen und einen versuchten Mord auf. Man fand ihn in seinem Versteck, einer alten Gartenlaube, nachdem man mehrere Schachteln Afri-Zigaretten auf einem Maisfeld fand. Eine seltene Zigarettenmarke, die Petridis rauchte. Ein

Tankstellenbesitzer hatte ihn damals bei der Polizei gemeldet und seine Spuren wurden zurückverfolgt.

Bastian machte sich Notizen zu jedem Fall, der auch nur ein wenig mit Drogen zu tun hatte.

Ein weiterer Fall, den die Rechtsmedizin untersucht hatte, fiel ihm besonders in den Blick. Eine Frau hatte versucht Drogen zu schmuggeln. Sie versteckte sie vaginal und berücksichtigte nicht, dass sich hier Schleimhäute befanden. Die Frau starb noch am gleichen Tag an einer Überdosis. Bastian musste schmunzeln. Versunken in seinen Recherchen fiel ihm ein, dass weder Sven noch Carola angerufen hatten. War ihnen etwas passiert? Bastian suchte auf Svens Schreibtisch nach dem Protokoll des Verhörs mit Sabrina Fischer.

„Odenstraße 41", flüsterte er vor sich her.

Er nahm seine Jacke und den Autoschlüssel und stieg in das Dienstfahrzeug.

Trotz, dass die Odenstraße eine Straße im Industriegebiet der Stadt war, waren die Straßen sehr uneben und holprig. Die Stadt hatte es von Jahr zu Jahr aufgeschoben, die Straße zu renovieren. Als dann auch noch große Unternehmen den Standort abbauten, fehlten der Stadt das benötigte Geld für eine Renovierung. Jetzt ähnelten viele Teile des Industriegebiets Detroit. Einige kleinere Unternehmen blieben in der Stadt. Zudem hatten sich in den letzten fünfzig Jahren mehrere Bauernhöfe in der Region angesiedelt. Die Straßen wurden von Traktoren und schweren landwirtschaftlichen Maschinen befahren, die den Straßenzustand verschlimmerten.

Bastian wurde auf dem Weg zur Odenstraße 41, wobei es sich, wie sich herausstellte, um eine alte Produktionshalle handelte, ordentlich durchgerüttelt.

Vor der Halle parkte er direkt neben Svens Dienstfahrzeug. Die beiden mussten also noch da sein. Er sah sich das Außengelände an, welches zugewuchert mit Rosen- und Brombeerhecken menschenverlassen dastand. Auf der linken Seite des Gebäudes fand er einen großen Haufen alter Gummireifen. Es raschelte.
„Da gehe ich lieber nicht weiter", sagte er, drehte sich um und trat eine gelbe Zigarettenschachtel zur Seite.
Er ging wieder zurück zur Vorderseite der Halle. Ein großes Schild, das früher einmal geleuchtet hatte, schmückte die Hallenfront. Er öffnete die Tür und betrat den Stahlgiganten. Jeder Schritt, den er machte, löste ein Geräusch aus, das von den verrosteten Wänden laut zurückhallte.
„Sven?", rief er einmal.
„Carola?"
Keine Antwort.
„Seid ihr hier?"
Wieder keine Antwort.
Bastian lief durch die Halle und sah sich die alten Maschinen an. Auf einem Fließband in der hinteren Ecke der Halle stand ein Karton. Er sah hinein. Der Karton war leer.
„Was war hier geschehen?", fragte er sich.
Bastian lief den Weg an der hinteren Wand entlang weiter zu einer Treppe, die zu den Büroräumen im ersten Stock führte. Er folgte der Treppe.
„Alles sehr alt hier", dachte sich Bastian.

Die Büroräume hatten keine Computer, wie es zu dieser Zeit üblich war. Die Tische standen voll mit Ordnern und Blöcken. Ein Fax-Gerät stand mitten im Raum. Bastian fiel das Laptop, das auf einem der Schreibtische stand, sofort auf. Es war an den Strom angesteckt. Die Stromanzeige zeigte 64% an.

„Das Laptop kann noch nicht lange eingesteckt sein", flüsterte Bastian vor sich her.

„Hatte Carola oder Sven es hier eingesteckt?"

Er versuchte verschiedene Passwörter, fand das Richtige jedoch nicht. Und von den beiden fehlte immer noch jede Spur. Er zog das Ladegerät des Laptops aus der Steckdose und nahm sowohl das Kabel als auch das Laptop mit. Durch die stählerne Tür verließ er die Halle und sah sich Svens Auto genauer an. Nichts, das auffällig gewesen wäre. Wie hatten die Zwei nur das Gelände verlassen? Der Weg war aus grobem Kies, wodurch man kleine Abdrücke, wie Schuhabdrücke, nicht sehen konnte. Bastian fiel allerdings auf, dass neben Svens Auto eine weitere Autoreifenspur war. Die Reifen des Autos, das die Spur verursacht hatte, mussten ungewöhnlich breit gewesen sein. Svens Reifen hätten in diese Spur doppelt nebeneinander hineingepasst. Bastian verfolgte die Spur, die von der geteerten Straße zur Halle führte und dann in einer 180° Wende wieder zur Straße führten. Das Auto musste die Halle nach Sven erreicht haben, da es perfekt neben Svens geparkt hatte.

„Wurden die beiden entführt?", fragte sich Bastian.

Plötzlich fiel ihm die Zigarettenschachtel auf, die er zuvor weggetreten hatte. Die gelbe Afri-Zigarettenschachtel erinnerte ihn an etwas, ihm fiel aber nicht ein, wo er bereits von ihr gehört hatte. Bastian war kein Raucher und kannte sich mit Zigarettenmarken nicht aus. Das gelb-blaue Logo ging ihm jedoch nicht aus den Gedanken. Und wie war die Schachtel dorthin gekommen? Bastian holte aus seinem Auto einen Koffer, in dem sich verschiedene Utensilien zur Spurensicherung befanden. Mit einer Zange steckte er die Schachtel in eine Plastiktüte und verstaute sie sicher im selben Koffer. Bastian suchte sowohl den Kies als auch die gesamte Halle nach weiteren Spuren ab, blieb jedoch erfolglos. Er machte sich Sorgen. Zwischenzeitlich war es dunkel geworden und die Sonne verlies den Horizont hinter einem Berg. Bastian, der noch immer kein Lebenszeichen von seinen beiden Kollegen erhalten hatte, stieg in sein Auto und fuhr zurück zum Revier. In der Zwischenzeit hatte er ebenfalls die Kollegen der Polizei informiert und eine Vermisstenanzeige erstellt. Svens Frau, Susanne Hofmann, wurde von dem Verschwinden ihres Mannes informiert.

Am Polizeirevier angekommen machte sich Bastian sofort daran, die Zigarettenschachtel, die er noch immer versuchte in seinen Gedanken einzuordnen, auf Fingerabdrücke zu untersuchen. Tatsächlich fand er Abdrücke darauf. Er gab sie weiter an die zuständigen Mitarbeiter, die sie mit Daten aus dem System verglichen.

„Bastian, du kannst nach Hause. Schlaf ein wenig. Es wird noch einige Zeit dauern, bis wir eindeutige Ergebnisse haben", sagte Luca Manner, ein Polizist, der seine Ausbildung zusammen mit Bastian begonnen hatte.

Beide kannten sich bereits seit dem Gymnasium. Sie hatten gemeinsam ihr Abitur gemacht und sich anschließend für eine Ausbildung bei der Polizei entschieden. Während Bastian zur Kriminalpolizei ging, hatte sich Luca für den mittleren Dienst entschieden.

„Okay, dann werde ich jetzt nach Hause gehen. Informiert mich bitte sofort, sobald ihr ein Ergebnis habt. Ich werde mein Handy nicht ausschalten."

„Ich werde dich anrufen."

Bastian packte seine Sachen und fuhr mit seinem Auto nach Hause. Er hatte große Angst, dass den beiden etwas passiert sei.

Er konnte diese Nacht nicht einschlafen. Der Gedanke, dass Carola und Sven in Gefahr waren, ließ ihn nicht ruhen. Auch die Zigarettenschachtel, die er bei der Halle gefunden hatte, wollte ihm keinen ruhigen Moment lassen. Er hatte von der Marke Afri bereits gehört, konnte sie aber in keinen Kontext stellen.

Ein Summen riss ihn aus seinen Träumen. Er musste nach langem Nachdenken eingeschlafen sein. Bastian öffnete seine Augen einen kleinen Spalt. Sein Wecker, der 07.11 Uhr anzeigte, blendete ihn. Er rieb sich die Augen, setzte sich auf und nahm sein Handy vom Nachttisch. Es war Luca.

„Böhm?"

„Bastian, hier ist Luca Manner. Wir wissen jetzt welche Personen die Schachtel berührt haben, bevor du sie gefunden hast. Ein René Nadel. Hatte zehn Jahre Haft wegen Drogenschmuggel und versuchtem Mord. Der Zweite ist ein Nikodemus Petridis. Er war ebenfalls zehn Jahre in Haft wegen…"

„Wegen Drogenschmuggel", unterbrach Bastian ihn.
„Natürlich. Der Schuhsohlenfall. Wie konnte ich mich nicht mehr daran erinnern?"

„Kannst du dich an den Fall erinnern?", fragte Luca.

„Ich habe mir die Akte neulich durchgelesen. Wir müssen schnell handeln. Der Mann kann richtig gefährlich werden. Ich hoffe den beiden ist nichts passiert. Wir müssen uns die Akten nochmals anschauen und herausfinden, wohin er die beiden gebracht haben könnte."

Bastian zog sich Kleider an und putzte sich die Zähne. Sein Magen grummelte vor Hunger. Dennoch nahm er sich nicht die Zeit etwas zu essen und verließ das Haus mit einem leeren Magen.

Am Polizeirevier wartete bereits Luca auf ihn.

„Wie geht es dir? Konntest du etwas schlafen?", fragte er ihn.

„Ja ich habe etwas geschlafen, bin aber noch sehr müde. Wir dürfen aber keine Zeit verlieren."

„Dann komm mit. Ich habe die Akten bereits aus dem Archiv geholt."

Da Bastian sich noch gut an den Fall erinnern konnte, schilderte er Luca alles, was er darüber wusste. Von dem Drogenschmuggel in tausenden Schuhen bis hin zur Festnahme in der Gartenlaube. Bastian stockte kurz nachdem er das Wort Gartenlaube ausgesprochen hatte.

„Die Gartenlaube!", wiederholte er.

„Wir müssen in der Gartenlaube nach den beiden suchen. Vielleicht finden wir auch Dr. Merwin dort. Es würde alles zusammenpassen. Dr. Merwin, der Drogen verkauft hat und ein Drogendealer, der an dem Ort, den

Frau Fischer uns nannte, zwei Polizisten entführt. Luca kannst du bitte mit mir mitkommen?"

Luca grübelte.

„Meine Schicht wäre eigentlich fertig. Ich will dir aber helfen. Lass uns fahren."

1 2

Ein Rauschen und starke Kopfschmerzen ließen Sven aufwachen. Trotz, dass er seine Augen geöffnet hatte konnte er nichts sehen. Ein Stich, der sich anfühlte, als hätte jemand ein Messer in seinen Kopf gerammt, ließ ihn zusammenzucken. Er konnte sich nicht bewegen. Sowohl seine Beine als auch seine Hände waren mit Kabelbindern gefesselt. Er lag auf einem Erdboden. Sven spürte, dass er eine Wunde am Kopf hatte. Das Blut lief ihm die rechte Wange runter. Was war passiert? Er konnte sich nur noch daran erinnern, dass er gemeinsam mit Carola die Lagerhalle in der Odenstraße durchsucht hatte. Danach war alles schwarz. Jetzt lag er in einem dunklen Raum allein.

„Carola?", fragte er flüsternd.

„Carola bist du hier?"

Er versuchte sich aufzusetzen, was mit gefesselten Händen und Beinen nicht einfach war. An einem dünnen Rohr, das an der Wand verlief, zog er sich langsam hoch und stieß sich den Kopf. Das Rohr führte aus einem Waschbecken in den Boden.

„Ein Waschbecken? Wo befinde ich mich?"

Ein leises Rascheln füllte den Raum. Sofort dachte er an Carola.

„Carola? Bist du das?", fragte Sven erneut mit einer lauteren Stimme. Langsam kam er wieder zu Kraft. Auf das Rascheln folgte ein leises Stöhnen wenige Meter neben ihm. Sven sah sich im dunklen Raum um. Seine Augen gewöhnten sich langsam an die Dunkelheit und ihm fiel ein Spalt unter einer Tür auf, durch den ein klein wenig Licht fiel. Das Stöhnen wiederholte sich und wurde lauter.

„Carola?", fragte Sven ein drittes Mal.

„Sven bist du da?"

„Ja ich bin hier Carola. Ist alles gut? Hast du irgendwelche Schmerzen?"

Sven konnte hören, wie Carola sich ebenfalls daran versuchte, aufzusitzen.

„Ich habe extreme Kopfschmerzen", sagte sie.

„Das habe ich auch. Ich habe eine blutende Wunde am Kopf", antwortete Sven.

„Ich glaube ich blute nicht. Ist es schlimm bei dir?"

„Nein, es ist nicht allzu schlimm."

„Wo sind wir hier, Sven?", fragte Carola.

„Ich weiß es nicht Carola. Ich kann mich an nichts erinnern. Ich weiß nur noch, wie wir versucht haben, nicht entdeckt zu werden. Danach weiß ich nicht mehr, was passiert ist", antwortete Sven.

„Jemand hat dir einen Eisenstab auf den Kopf geschlagen. Ich habe gesehen, wie du zu Boden gesunken bist. Danach hat mich jemand von hinten gepackt und mir ein Tuch vor mein Gesicht gehalten. Danach weiß ich leider auch nicht mehr was passiert ist. Ich kann dir nicht sagen, wo wir hier sind."

„Der Schlag auf meinen Kopf erklärt, warum ich mich an nichts erinnern kann. Kannst du etwas erkennen?"

„Nein. Nur den kleinen Lichtschlitz", antwortete Carola.

„Da kommen wir auf jeden Fall raus. Jetzt ist nur noch die Frage wie. Ich höre aber auch keine Stimme. Wieso wurden wir entführt und jetzt bewacht uns nicht einmal jemand?", setze Sven fort.

„Sag das nicht zu laut. Du kannst nicht wissen, was da draußen vor sich geht. Neben mir steht jedenfalls eine Schaufel oder etwas Ähnliches", sagte Carola.

„Und ich sitze an einem Waschbecken. Aufgrund des Grundboden, auf dem wir sitzen, und den Schaufeln denke ich, dass wir in einem Gewächshaus oder in etwas Ähnlichem sind. Bist du auch mit Kabelbindern gefesselt?", fragte Sven Carola in der Hoffnung, sie könnte ihn von den eng zugezogenen Kabelbindern, die ihm die Hände abschnürten, befreien. Sven wurde jedoch enttäuscht.

„Nein, ich bin ebenfalls gefesselt. Warte ich rutsche zu dir."

In der Dunkelheit versuchend sich zu orientieren rutschte Carola über den Erdboden zu Sven. Sie drehten sich gegenseitig den Rücken zu, hinter dem jeder die Hände zusammengeknebelt hatte. Sven versuchte zuerst Carolas Kabelbinder ein wenig zu lösen. Statt die Fesseln zu lösen zog er sie eher weiter zusammen.

„Das funktioniert so nicht, Sven. Wir müssen etwas finden, womit wir die Kabelbinder durchschneiden können."

„Hier muss sich doch eine Schere oder mindestens ein Messer befinden. Schließlich sitzen wir in einem Gewächshaus."

„Ich glaube eher, dass wir in einer Gartenlaube sind. Gewächshäuser haben für üblich lichtdurchlässige Wände oder Decken."

„Aber selbst in einer Gartenlaube müssten wir etwas finden, mit dem wir uns befreien können", entgegnete Sven.

Beide versuchten den Raum mit verbundenen Händen abzutasten.

„Hier ist etwas, das sich wie ein Schrank anfühlt. Er hat Schubladen", sagte Carola.

„Versuche die Schubladen zu öffnen", antwortete Sven.

„Ich komme nicht hoch."

„Warte. Ich rutsche zu dir rüber."

Rücken an Rücken gepresst versuchten sie aufzustehen. Es dauerte einige Versuche, bis sie endlich standen.

„Schwerer als ich gedacht hätte", sagte Sven.

Er drehte dem Schrank den Rücken zu und öffnete die Schublade. In völliger Dunkelheit durchsuchte er sie. Neben einem Schraubenzieher fand er einige Rollen Bindfaden und…

„Eine Gartenschere."

Wie sehr er sich über das Werkzeug freute, war in seiner Stimme deutlich hörbar. Er hätte niemals gedacht, dass ihn solch ein Gegenstand einmal so sehr erleichtern würde.

„Gib mir deine Hände."

Carola streckte ihm ihre gefesselten Hände entgegen. Sven durchschnitt die Kabelbinder mit einem Schnitt.

„Und jetzt du. Gib mir deine Hände. Ich befreie dich", sagte Carola.

Vorsichtig durchschnitt sie auch Svens Kabelbinder. Gegenseitig entfernten sie sich die Kabelbinder an den Beinen.

„Autsch", fluchte Sven.

„Habe ich dich verletzt?", fragte Carola ihn erschrocken.

„Nein, war nur ein Spaß."

„Nicht gerade die beste Zeit für Späße."

Carola gab Sven einen schwachen Schlag auf die Schulter. Die beiden wurden von Motorengeräuschen und Reifen, die über Schotter rollten, unterbrochen. Sven zog Carola auf den Boden und sagte ihr, dass sie ihre Hände hinter ihren Rücken strecken sollte.

Es war zu hören, wie zwei Personen aus dem Auto stiegen. Autotüren wurden zugeschlagen. Die beiden redeten miteinander. Sven und Carola konnten aber nichts davon verstehen. Die Wände dämmten den Schall von außen komplett ab.

Ein leises „Sven" war zu hören. Die Augen des Kriminalobermeisters leuchteten auf.

„Ist das Bastian?", fragte er Carola.

„Wir sind hier", rief Carola, was für Sven eine eindeutige Antwort war.

Schritte kamen näher und jemand klopfte an die Tür.

„Seid ihr da drin?"

Es war eindeutig Bastian.

„Ja wir sind hier drin", antwortete Sven.

„Geht es euch gut? Die Tür ist verschlossen."

„Ja es geht uns gut. Sven hat eine Wunde am Kopf aber sonst haben wir nichts. Kannst du die Tür irgendwie öffnen?"

Die beiden konnten hören, wie Bastian mit jemandem redete.

„Geht von der Tür weg. Wir werden sie öffnen."

Draußen nahm jemand Anlauf, trat mehrere Male gegen die Tür und unter einem lauten Krach stieß Tageslicht in den zuvor dunklen Raum. Sven und Carola kniffen jeweils die Augen zusammen und hielten sich die Hände vors Gesicht. Das grelle Licht schmerzte. Die Augen mussten sich zuerst an die Helligkeit gewöhnen, bevor sie Bastians Silhouette sehen konnten. Neben ihm stand ein weiterer Mann. Sven erkannte ihn sofort.

„Luca, was treibt dich denn hier her?"

„Bastian wollte nicht allein hierherfahren. Nikolaos Petridis und seine Kollegen hätten sich noch hier aufhalten können."

„Nikolaos Petridis?", fragte Carola.

„Natürlich. Jetzt fällt es mir wie Schuppen von den Augen. Ich wusste ich kannte den Mann irgendwoher. Sie haben ihn Niko genannt. Das ist doch der Dealer aus dem Schuhsohlen-Fall", sagte Sven.

„Schuhsohlen-Fall?", fragte Carola erneut.

„Ganz genau", antwortete Bastian.

„Vor einigen Jahren gab es einen Fall, bei welchem Drogen in Schuhsohlen geschmuggelt wurden. Nikolaos, oder wie sie ihn nennen, Niko, wurde damals in genau dem Gartenhäuschen gefunden, in dem ich euch gefunden habe. Hätte ich die Akte nicht gestern noch durchgelesen, hätte ich niemals hier nach euch gesucht", setzte er fort.

„Aber wieso hat er euch entführt?"

„Wir waren in der großen Halle in der Odenstraße. Die Adresse, die uns Frau Fischer genannt hatte. Sie hatten uns entdeckt. Sven hat einen Schlag mit einem Eisenstab auf den Kopf bekommen. Danach hat mir jemand ein Tuch vor mein Gesicht gehalten. Ich wollte mich wehren, bin aber in mich zusammengesackt. Danach bin ich hier aufgewacht. Alles was dazwischen passiert ist kann weder ich noch Sven dir beantworten", erzählte Carola Bastian.

„Aber warum genau hat er euch hierhergebracht? Er muss doch wissen, dass dies der erste Ort sein wird, an dem wir euch suchen. Immerhin hatte Nikodemus sich damals hier versteckt und er wurde hier festgenommen."

Luca rieb sich fragend die Stirn.

„Habt ihr das auch gehört?", fragte Bastian.

Tatsächlich konnten sie ein leises Surren hören. Ein mechanisches Surren, das sich anhörte, als würde ein Roboter seinen Arm auf und ab bewegen.

„Was ist das?", fragte sich Sven.

Gemeinsam sahen sie sich das Gartenhäuschen an. Es war sehr klein und die Holzwände waren durch die Witterung bereits aufgequollen. Rechts neben dem Eingang befand sich ein Waschbecken ohne Wasserhahn, an dem Sven sich zuvor den Kopf angeschlagen hatte. Einige Gartenwerkzeuge, wie mehrere Schaufeln, ein Besen und zwei Haken, lehnten an der Wand. Eine kaputte Glühbirne hing an einem dünnen Kabel von der Decke. Bastian folgte dem Kabel zu einem Lichtschalter und versuchte das Licht anzuschalten. Er legte den Schalter um, die Glühbirne blieb jedoch dunkel. Luca zog eine Taschenlampe aus seiner Tasche und durchleuchtete den Raum. In der hinteren Ecke stand ein Schrank. Er sah, im Vergleich zu allen anderen Gegenständen im Raum, sehr neu aus. Sie versuchten ihn zu öffnen, jedoch war er verschlossen. Ein Schlüssel war auch nicht aufzufinden.

„Das Surren kommt aus dem Schrank", bemerkte Carola.

„Vielleicht sollten wir nicht zu stark an dem Schrank ruckeln. Wer weiß, was sich darin befindet?", sagte Luca mit ängstlicher Stimme.

„Sei nicht so ängstlich. Es wird schon keine Bombe drin liegen", sagte Bastian.

Plötzlich deutete Sven den anderen an, nicht zu reden. Er zeigte mit seiner linken Hand auf ein kleines Gerät, das bei genauerer Betrachtung einem kleinen Mikrofon ähnelte. Eine kleine LED-Lampe blinkte immer wieder rot auf. Sie verließen das Häuschen und setzten sich in Bastians Auto.

„Die wissen, dass wir hier sind", fluchte Bastian.

„Das war eine reine Ablenkung. Sie wollten uns täuschen, damit sie etwas anderes machen können. Aber was haben sie vor?", fragte er die Anderen.

„Wenn wir betrachten, dass sowohl Nikodemus als auch Dr. Merwin eine Vorgeschichte mit Drogenhandel haben, sehe ich einen klaren Zusammenhang. Wir haben es hier nicht mit einem `einfachen´ Mord zu tun. Ich glaube wir verpassen gerade einen riesigen Drogendeal."

Sven, der auf dem Beifahrersitz saß, drehte sich zu Bastian.

„Wir müssen unbedingt weg von hier. Irgendwas müssen wir übersehen haben. Dr. Merwin und dieser Nikodemus stecken unter einer Decke. Seht mal was ich hier habe."

Sven zog ein kleines Stück Papier mit der Aufschrift „Viele Grüße Dr. Merwin" aus seiner Tasche und zeigte es den anderen.

„Das lag vor mir auf dem Boden. Wir müssen uns beeilen."

„Du musst jetzt erstmal ins Krankenhaus. Deine Wunde sieht nicht gut aus. Das muss sich ein Arzt anschauen. Ich denke du musst genäht werden", antwortete Bastian.

„Ich fahre dich ins Krankenhaus. Danach überlegen wir drei, was wir übersehen haben könnten"

1 3

„Was haben wir nur übersehen?"

Carola und Luca saßen am großen Tisch im Polizeirevier und sahen sich alle Gegenstände und Bilder an, die sowohl in Zusammenhang mit dem aktuellen Fall Fischer als auch mit dem Schuhsohlenfall in Verbindung standen. Bastian lief unruhig hinter Carola und Luca den Raum auf und ab.

„Was hat er nur in dem Karton unter dem Fließband gesucht?", fragte Carola. „Und wen meinte er, wer dafür büßen wird?", fragte sie weiter.

„Dr. Merwin schätze ich."

Bastian hatte sich auf den Stuhl neben Luca gesetzt.

„Der Karton war zum Zeitpunkt, an dem ihr beide dort wart, leer. Was ist, wenn der Gegenstand, den Nikodemus so unbedingt wollte, erst jetzt im Karton liegt?", fragte Luca.

„Halte ich für unwahrscheinlich. Bisher sind unsere Hauptakteure der Grieche und seine Komplizen, sowie Dr. Merwin. Meiner Meinung nach war Dr. Merwin schneller als dieser Niko und hat den Gegenstand bereits aus dem Karton mitgenommen", antwortete Carola.

„Das würde jedoch wiederum nicht mit den Schilderungen von Dr. Hilbert übereinstimmen, dass Dr. Merwin entführt wurde", bemerkte Bastian.

„Was ist, wenn er gar nicht entführt wurde, sondern alles nur so aussehen sollte?", fragte Carola.

„Wie meinst du das?" Bastian stand erneut auf.

„Was, wenn Dr. Merwin und Nikodemus bemerkten, dass Dr. Hilbert sie gesehen hat? Nikodemus entschied sich kurzerhand alles wie eine Entführung aussehen zu lassen. Er zog Dr. Merwin in sein Auto und fährt davon. Alles sieht aus wie eine Entführung, die uns jedoch nur täuschen soll. Wir ermittelten die gesamte Zeit auf der falschen Spur. Dr. Merwin ist nicht das Opfer, sondern der Täter. Das Haus haben wir durchsucht. Ich denke nicht, dass wir dort noch etwas finden sollten."

„Du hast Recht!"

„Aber wo sollen wir dann weitersuchen?", fragte Luca.

„Das Laptop", flüsterte Bastian.

„Wie bitte?", fragte Carola ihn.

„Natürlich. Das Laptop aus der Halle. Ich habe es mitgenommen. Es liegt noch in meinem Auto. Wir können es hier entschlüsseln lassen", setzte Bastian fort.

„Bring es in mein Büro. Ich kann es von meinem Computer aus entsperren", sagte Luca zu ihm.

Bastian rannte an sein Auto und holte das Laptop, das er zuvor in den Büroräumen der Odenstraße 41 gefunden hatte, samt dem Ladegerät in Lucas Büro. Dieser hatte bereits seinen Computer gestartet und die Entschlüsselungs-Software geöffnet.

„Gib es mir", deutete Luca ihm an.

Bastian stellte das schwarze Laptop auf den Tisch. Luca nahm ein Kabel aus einer Schublade seines Schreibtischschranks und verband das Laptop mit seinem Computer. Er klappte das Laptop auf und startete es. Ein paar Klicks mit der Maus im Entschlüsselungs-Programm und ein Ladebalken erschien. Bastian konnte es kaum erwarten herauszufinden, was sich auf dem Gerät befand. Der Bildschirm färbte sich schwarz. Bastian dachte, dass der Akku seinen Geist aufgegeben hätte und zog das Ladekabel auseinander, als der Bildschirm von einem dunklen schwarz in ein helles blau wechselte und ihn mit einem freundlichen „Willkommen" begrüßte. Die Begrüßung verschwand und ein Desktop mit einigen Programmen wurde angezeigt. Im Hintergrund war ein Bild von Dr. Merwin und einer Frau zu sehen.

„Yes. Das ging verdammt schnell", sagte er zu seinem Kollegen.

„Hier hast du es wieder. Du solltest es an den Strom stecken. Ich glaube der Akku ist nicht mehr der Beste."

Bastian steckte das Laptop an das Ladegerät und setzte sich davor.

„Also gut. Was haben wir hier?"

Bastian durchforstete alle Programme und öffnete schließlich das Mail-Programm. Er durchsuchte alle E-Mails und wurde schlussendlich fündig.

„Hier. Carola komm her", rief er in den großen Gemeinschaftsraum. Carola kam schnell angerannt.

„Hast du etwas gefunden", fragte sie ihn.

„Ja. Eine Mail von Nikodemus Petridis. Empfangen vor zwei Tagen."

„Ließ sie vor", forderte Carola ihn auf.

„Hallo Christian, wie besprochen werde ich ihn morgen abholen. Ich hoffe für dich, dass er da sein wird. Danach zeigen wir es den Bullenschweinen."

„Sie wussten also ganz genau, dass wir da sein werden", bemerkte Carola.

„Aber woher nur?", fragte sie die beiden.

„Sabrina Fischer! Sie war diejenige, die uns auf die Fährte gebracht hat. Ist sie noch hier?", antwortete Bastian.

„Nein. Sie wurde bereits gestern wieder entlassen. Denkst du wirklich, dass sie mit einem potenziellen Mörder ihres Mannes zusammenarbeitet?"

„Möglich ist es. Sie hat uns die ganze Zeit angelogen und in Gefahr gebracht."

„Hier ist noch eine", setzte Bastian fort. Er las die E-Mail vor: „Empfangen ebenfalls vor zwei Tagen. Absender wieder Nikodemus. ´Hallo Christian, Übergabe in zwei Tagen in der Kiste um 19 Uhr. Sei pünktlich. Es wird die Letzte sein`."

„Das ist heute", bemerkte Luca.

„Das ist nicht nur heute, sondern in genau einer Stunde", sagte Bastian.

„Aber was ist die Kiste?", fragte Carola.

Alle drei überlegten, was Niko in der E-Mail mit der Kiste gemeint hatte. Es war offensichtlich, dass es sich nicht um einen einfachen Karton handelte. Es musste ein abgelegener Ort gemeint sein, der geeignet war, um eine große Menge Drogen zu verkaufen.

„Hast du sonst noch etwas gefunden?", fragte Carola ihn.

„Nein, sonst nichts Außergewöhnliches. Einige Werbe-E-Mails, alte Familienbilder, eingescannte Versicherungsscheine und eine alte Karte der Stadt", antwortete Bastian.

„Öffne bitte die Karte."

Bastian durchsuchte die Ordner erneut und benötigte einige Zeit, die Datei zu finden. Als er die Datei mit dem Namen Plan_Industriegebiet_1987.pdf gefunden hatte öffnete er sie und drehte den Bildschirm zu Carola. Sie sah sich den alten Plan des Industriegebiets einige Minuten schweigend an. Auf der Karte waren einige große Produktionshallen eingezeichnet. Sie entstand zu einer Zeit, in der die Stadt von der Industrie lebte. Vor allem große Auto-Konzerne hatten sich hier niedergelassen. Die direkte Anbindung an den großen Hafen, sowie die stadtnahe Autobahnauffahrt waren große Pull-Faktoren für produzierendes Gewerbe. Nach minutenlanger Stille weiteten sich Carolas Augen.

„Was hast du?", fragte Bastian sie.

„Die Kiste. Mit Kiste ist nicht ein Karton oder etwas Ähnliches gemeint. Kiste ist ein anderes Wort für Auto. Die Produktionshalle in der Odenstraße in welcher Sven und ich entführt wurden. Schau hier."

Sie zeigte mit ihrem Finder auf ein großes Gebäude über welchem in dünner weißer Schrift „Die Kiste" stand.

„Ich wiederhole mich, aber Carola, du bist die Beste", Bastian ließ seiner Freude freien Lauf.

„Ich weiß!", sagte Carola ironisch.

Die drei lachten.

„Der Fall ist jedoch noch nicht beendet. Wir müssen vor 19 Uhr in der Odenstraße sein. Lasst uns gleich losfahren."

14

Die Drei hatten ihre Polizeiausrüstung eingesteckt und fuhren gemeinsam mit einem Zivilauto zur großen Halle in der Odenstraße. Sie parkten weit weg, damit ihr Auto nicht auffiel. Um 18.50 Uhr betraten die Drei die Halle. Es war niemand zu sehen. Sie verhielten sich dennoch leise und flüsterten.

„Wo sollen wir uns verstecken?", fragte Luca.

„Am besten ist es, wenn wir uns aufteilen. Jeder belegt eine Ecke in der Halle", antwortete Carola.

„Denkt ihr nicht es wäre besser gewesen, wir hätten eine Streife dazu geholt?", fragte Bastian mit einer nervösen Stimme.

„Nein, das wäre zu auffällig gewesen. Sie dürfen uns nicht entdecken. Wir müssen unauffällig bleiben. Los! Sucht euch Verstecke. Ich denke, dass sie bald hier eintreffen werden", antwortete Carola und deutete den beiden jüngeren Polizisten an sich zu verstecken. Sie warteten fünf Minuten, ohne ein Ton von sich zu geben. Carola zuckte zusammen als sich das Hallentor öffnete. Ein schwarzer Jeep fuhr hinein. Zwei Personen stiegen aus. Carola konnte erst nur einen Mann sehen und sie erkannte ihn sofort. Es war Nikodemus, der aus der Fahrertür ausstieg. Er trug die gleiche Kleidung wie an dem Tag, an dem sie von ihm überrascht und entführt wurden. Mit einem angsteinflößenden Blick sah er sich in der Halle um. Carola konnte unter dem Jeep durchsehen und bemerkte, wie die andere Person an das Heck des Autos lief, den Kofferraum öffnete und zu Nikodemus weiterging.

„Sabrina?"

Carola lief der kalte Schweiß den Rücken herunter. Es fiel ihr wie Schuppen von den Augen als sie Sabrina Fischer, die Frau des Toten, Thomas Fischer, erkannte. Sie trug eine schwarze Lederjacke und Jeanshosen. Trotz, dass es nicht ihr gewöhnlicher Modestil war, erkannte Carola sie sofort. Sie war also diejenige, die die Polizisten auf die Fährte und damit in Gefahr gebracht hatte. Ein weiteres Auto hielt vor der Halle, aus dem ein Mann ausstieg. Carola kannte ihn nicht.

„Wo steckt nur Dr. Merwin?", fragte sie sich.

Der Mann näherte sich Nikodemus und Sabrina. Sie standen vor dem geöffneten Kofferraum des Jeeps und redeten miteinander. Carola verstand kein Wort, da sie zu weit entfernt war.

Plötzlich ertönte ein Schrei aus der Ecke der Büroräume. Es war Bastian.

„Na wen haben wir denn hier?", rief eine weitere Person.

Carola sah, wie Nikodemus den Kofferraum schloss und eine Waffe aus der Jackentasche zog. Auch Sabrina hielt eine Waffe in ihrer rechten Hand. Sie hatte große Angst, dass Bastian etwas passiert sein könnte. Einen kurzen Moment passierte nichts, dann erschien Bastian mit den Händen hinter seinem Rücken, gefolgt von einem dunkelhaarigen Mann mit einem weißen Oberteil von Nike, Jeanshosen und weißen Sneaker. Es war Dr. Merwin. Carola wusste nicht was sie tun sollte. Würde sie sich zeigen, wäre der gesamte Plan geplatzt und sie wären in großer Gefahr. Andererseits schwebte Bastian bereits jetzt in großer Gefahr und sie konnte ihren Kollegen nicht im Stich lassen. Sie zog ihre Waffe aus dem Holster, holte tief Luft und rief, während sie die Waffe auf Dr. Merwin richtete: „Lassen Sie ihn los!"

Die Überraschung war ihm deutlich ins Gesicht geschrieben. Auch Sabrina und Nikodemus waren von der Anwesenheit der Polizisten verwundert. Luca schien der Tat von Carola gefolgt zu sein, denn auch er erschien aus seinem Versteck mit gezogener Waffe. Er richtete sie in die Richtung von Sabrina und befahl sie ihre Waffe fallen zu lassen. Sie hielt sie weiter auf Carola gerichtet.

„Sie stecken also doch hinter der ganzen Sache."

Carola blickte Dr. Merwin über ihre Waffe an.

„Ganz richtig Frau Otto. Sie sind also gar nicht die dumme rechte Hand von Sven Hofmann, für die ich sie immer hielt."

„Sie sind ein dummes Arschloch", antwortete sie auf die Bemerkung des Rechtsmediziners.

„Ach, nicht so ausfällig werden die Dame. Lassen wir doch lieber alle die Waffen fallen und reden über unsere Probleme."

„Im Moment bin ich Ihr größtes Problem."

„Sie haben also alles herausgefunden. Wie Sabrina Ihnen bereits gestanden hat, haben ich und mein ach so toller Freund Thomas Drogen produziert und verkauft. Da Sie bereits meine halbe Lebensgeschichte kennen, möchte ich jetzt alles veröffentlichen."

„Haben Sie Thomas Fischer umgebracht?", fragte Bastian, der noch immer mit seinen Händen hinter dem Rücken vor Dr. Merwin stand.

„Was ein schlaues Kerlchen. Haben Sie ihn eingelernt?"
Dr. Merwin drehte sich zu Carola und lachte.

„Du hast recht. Ich habe Thomas umgebracht. Er wollte aussteigen und mich verpfeifen, weil ich den wahrscheinlich größten Deal unseres Lebens an Land gezogen habe. Da war er mir im Weg und konnte nicht bleiben."

„Wie haben Sie ihn umgebracht?", fragte Carola.

„Ich habe ihm ein Schlafmittel verabreicht. Hoch dosiert, damit er sich nicht wehren kann. Danach habe ich ihm das Genick gebrochen. Da er dann zufälligerweise als mein Fall zugewiesen wurde, konnte ich alles auf Corona schieben. Das ist heutzutage alles so einfach."
Carola drehte sich zu Sabrina.

„Und Sie? Wieso haben Sie dabei mitgemacht. Sie wussten, dass er Ihren Mann umbringen wird und Sie haben nichts unternommen."

„Es war unser Lebensunterhalt. Wir konnten uns vieles leisten. Ein großes Haus, ein neues Auto und lange Urlaube. Wir hätten ohne die Deals nichts gehabt. Christian hat mir versprochen, dass ich ein Viertel des Gewinns durch diesen Deal bekomme. Thomas wollte das Ganze nicht mehr. Er wollte ein ruhigeres, unaufgeregteres Leben führen. Ich wollte aber das Geld. Deswegen habe ich Christian nicht daran gehindert."

„Wie geldsüchtig muss eine Frau sein, um den Mord am eigenen Ehemann nicht zu verhindern? Eine Frau, die den eigenen zwei Kindern den Vater aus dem Leben reißt." Carola war schockiert.

„Sehr. Und deswegen werden auch Sie mich nicht daran hindern. Nehmen Sie die Waffe runter oder ich jage Ihnen eine Kugel durch den Kopf."
Sabrina legte den Finger auf den Abzug.

„Und was befand sich in dem Karton, der unter dem Fließband versteckt war?", fragte Carola Nikodemus.

„Nichts. Ein reiner Placebo-Effekt. Große Wirkung ohne einen Wirkstoff. Wir wussten, dass ihr Malaka kommt. Heute habt ihr uns überrascht. Jetzt werdet ihr euch aber wünschen, niemals…"

Plötzlich schrie eine Stimme hinter Sabrina und Nikodemus: „Niemand wird hier erschossen. Lassen Sie die Waffen fallen. Sie sind umzingelt."

Es war Sven. Zusammen mit acht Polizisten stürmte er die Halle. Sabrina und Nikodemus, die sich in der Unterlegenheit eingeschüchtert fühlten, ließen die Waffen fallen und legten sich auf den Boden. Auch der Mann, der vermutlich der Drogendealer war, legte sich mit den Händen hinter dem Kopf auf den Boden. Sven näherte sich den beiden und nahm die Waffen auf. Drei Polizisten legten den Tätern Handschellen an. Die restlichen Polizisten sowie Sven näherten sich Dr. Merwin, der Bastian festhielt und ihm eine Waffe an die Stirn hielt.

„Kollege, wie geht es Ihnen", fragte Sven ihn ironisch.

„Es ging mir gut, bis Sie hier erschienen sind."

„Das tut mir leid. Ich wollte Ihnen keine Umstände machen. Lassen Sie die Waffe fallen."

„Nichts werde ich. Lassen Sie mich laufen und ihrem Kollegen wird nichts passieren."

„Sie bringen sich doch nur selbst in Schwierigkeiten", sagte Bastian.

„Halt die Schnau…"

Mit einem lauten, stumpfen Schlag wurde Dr. Merwin etwas auf den Hinterkopf geschlagen. Er sackte zusammen und Luca, der eine Eisenstange in beiden Händen hielt, kam zum Vorschein. Er hatte sich während dem gesamten Trubel unauffällig hinter Dr. Merwin geschlichen und ihn zu Boden geschlagen. Carola konnte ihren Augen nicht trauen. Vor weniger als drei Minuten hatte sie noch Todesangst und jetzt fühlte sie sich so erleichtert wie noch nie.

„Wie hast du herausgefunden, dass wir hier sind?", fragte sie ihn deutlich erleichtert.

„Unser junger Kollege hier ist ein kleiner Held."

„Was meinst du damit?", fragte Bastian, der sich von seinem Schock leicht erholt hatte.

„Ich habe Sven angerufen und das Handy auf den Boden gelegt. Er hat die Gespräche mitgehört und mein Handy geortet."

„Ganz richtig. Danach habe ich unsere Kollegen von der Streife informiert, die mit mir hierher gefahren sind."

„Ihr seid meine Helden." Carola war noch immer außer Atem.

„Herr Hofmann, könnten Sie bitte kurz kommen?", rief ein Polizist, der am Kofferraum des Jeeps stand.

Gemeinsam gingen sie zu ihm und konnten ihren Augen nicht trauen. Der Kofferraum war gefüllt mit Tüten voller weißem Pulver.

„Kokain", staunte Bastian.

Er hatte noch nie zuvor solch eine Menge Drogen an einem Platz gesehen.

„Kollegen, das nenne ich mal einen erfolgreichen Fall", sagte Sven.

„Naja. Es hat dich zwar eine Wunde am Kopf gekostet, dafür haben wir aber einen neuen Kollegen gefunden." Carola deutete auf Luca.

„Nein, nein, nein. Eine solche Aufregung ist definitiv nichts für mich. Ich ziehe mich lieber wieder in mein Büro zurück und entschlüssele Laptop-Passwörter."

Sie sahen sich einander an und begannen zu lachen.

„Na dann ermitteln wir eben zu dritt."